Anne Ducrocq

Guide des retraites spirituelles

Les bonnes adresses pour se ressourcer

Librio

Inédit

Sommaire

Deuxième partie :
Lieux de retraites d'autres courants religieux

Troisième partie :
Lieux de retraites inattendus

Introduction

Le monde qui nous entoure, nos enfants, nos collègues mais aussi nos pensées, nos jours, nos nuits, notre vie, tout fait du bruit. Trop de brouhaha, trop de « besoins » relatifs, trop de gestes de surface... Le besoin de nous reposer, de nous retrouver, de nous recueillir surgit parfois, nous n'osons pas toujours l'écouter. Nous ne savons pas non plus toujours où nous tourner, à quelle porte frapper.

Or, des communautés monastiques ou laïques accueillent les croyants et les non-croyants, que ce soit :

– pour un temps de pause personnelle, de recueillement et de silence,

– pour se sentir à nouveau présent à soi-même, aux autres et au divin,

– pour faire le point au milieu d'une épreuve, prendre une décision importante,

– pour un temps de réflexion en suivant un enseignement,

– ou encore, pourquoi pas, pour réviser des examens dans un cadre où l'on évite la dispersion.

Quoi qu'il en soit, cette mise à l'écart est toujours l'occasion d'un travail sur soi, d'un retour sur l'essentiel. « La pause, elle aussi fait partie de la musique », écrivait Stefan Zweig.

Dès leur origine, certains ordres monastiques ont en effet appliqué une tradition d'hospitalité. Aujourd'hui encore, les laïcs sont les bienvenus sous le toit de certaines congrégations, dès lors que leur vocation ne l'empêche pas. Certains ordres, en effet, entièrement tournés vers une stricte et exigeante solitude (tels les chartreux), ne sont pas ou peu ouverts au public.

Pour répondre à un besoin contemporain de plus en plus fort de ressourcement personnel, les communautés proposent de partager quelques jours de vie auprès des religieux et de vivre un moment de sérénité. Souvent, les lieux bénéficient d'un environnement agréable, voire exceptionnel. Les uns en profiteront pour entrer plus avant dans la contemplation, les autres pour faire un peu de tourisme aux alentours.

De fait, les séjours spirituels n'ont jamais autant eu le vent en poupe. Quoi de plus normal ! Plus on est dans le mouvement, plus on veut s'arrêter, plus on est pris dans le bavardage, plus on a besoin de se taire... En effet, si nous avons souvent tendance à fuir le silence (radio dans la voiture, télé en dînant, téléphone portable jusque sur la plage, etc.), il est des moments où nous pressentons que c'est en lui que les choses peuvent et vont bouger en nous.

Pousser la porte d'un lieu spirituel pour oser descendre dans sa profondeur l'espace de quelques jours s'avère parfois vital. Un séjour individuel ou collectif dans un lieu spirituel – monastère, abbaye, ashram, centre bouddhiste – est toujours un moment fort, privilégié. Un moment où l'on se sent renouvelé.

Pour un pratiquant, cette halte de silence et de prière – suivi des offices monastiques, échanges avec les frères ou les sœurs, repas communautaires – le ramène au cœur de sa foi. Par ailleurs, ceux, croyants ou non, qui cherchent ou veulent faire un point sur le sens de leur vie, trouvent dans ce silence habité, cette simplicité et cette fraternité, éventuellement aussi dans le travail partagé, un cadre propice à la réflexion et au ressourcement.

Si vous ne prenez pas du temps pour vous, qui le fera à votre place ? Pour autant, les retraites spirituelles sont-elles faites pour tout le monde ? Faut-il être croyant pour être hébergé ? Est-on libre de partir quand on le souhaite ? Y a-t-il des obligations ? Le confort est-il aussi spartiate qu'on le dit ? Est-il autorisé d'y venir en couple ou en famille ? Toutes les religions ont-elles cette tradition d'accueil ?

Certaines congrégations acceptent toutes les démarches, provenant d'un homme ou d'une femme, découlant d'une approche personnelle ou d'une initiative de groupe. D'autres posent certaines conditions. Ces lieux d'accueil spirituel n'étant pas des hôtels, il convient de respecter l'esprit de la maison.

Un séjour spirituel se prépare et nous espérons modestement y contribuer. Nous vous proposons de vous aider à sauter le pas et à choisir une adresse dans votre région ou ailleurs. Ce livre ne se veut pas exhaustif. Nous avons sélectionné plus de cent cinquante adresses. Certaines parce qu'elles sont dans des lieux et des paysages d'exception, d'autres parce qu'elles abritent des siècles de vie contemplative ou simplement pour y avoir effectué un séjour comblé...

Ce choix est bien évidemment subjectif et vous trouverez, en fin d'ouvrage, les références de guides d'adresses plus complets ou des sites Internet qui aident à choisir à partir de multiples critères (groupe, famille, mer, montagne, ville, etc.).

Nous proposons essentiellement des adresses chrétiennes. C'est la première religion de France et les centres d'accueil chrétiens (notamment catholiques et orthodoxes) sont particulièrement nombreux sur notre territoire. Nous avons également essayé de ne pas oublier les bouddhistes – puisqu'ils ont, eux aussi, une longue tradition d'accueil – ainsi que quelques adresses œcuméniques ou laïques incontournables, de façon que l'éventail soit le plus ouvert possible. La plupart des informations recueillies l'ont été sur leur site Internet – ou, à défaut, sur celui du diocèse ou de l'ordre. La répartition géographique des lieux n'est pas toujours très harmonieuse : certaines régions de l'Hexagone se révèlent en effet plus « habitées » de moines. Ainsi, par exemple, l'altitude et les paysages montagneux en Rhône-Alpes ou la lumière du Sud ont-elles convaincu de très nombreuses communautés.

Enfin, une dernière chose : ce guide s'adresse essentiellement à des individus, c'est-à-dire aux personnes qui cherchent à effectuer une retraite seules. Vous ne trouverez pas ou peu d'informations sur les capacités d'hébergement des groupes.

Une fois votre décision prise et le lieu choisi, l'expérience à vivre n'appartiendra qu'à vous. Sachez qu'elle est souvent inoubliable, parfois décisive. Être accueilli dans une communauté spirituelle pour quelques jours est une expérience de dépouillement et de vérité dont on sort rarement inchangé.

Puissent ceux qui prennent la route s'approcher de ce que leur cœur cherche.

« *Un monastère est une petite source.* »
Jean-Paul II, lors de son passage à Taizé en 1986.

Avant-propos

Questions pratiques et conseils aux retraitants

Il existe deux grands types de retraites : les premières sont solitaires, les secondes, dites prêchées, sont collectives. On y suit un enseignement sur des sujets tels que le pardon, le couple, la joie, affronter la mort, la voie des Psaumes, etc. Aussi, avant de choisir un lieu, soyez clair sur votre recherche : vous avez besoin de parler, de réfléchir, de vous recueillir ? Vous espérez recevoir des conseils, faire une expérience de partage, de prière ?

Selon les moments de sa vie, ses besoins, ses motivations, on se dirigera avec plus de profit vers la retraite individuelle ou la retraite collective. On peut indifféremment commencer par l'une ou l'autre, bien que la retraite prêchée, parce qu'elle se vit dans un groupe, soit parfois plus « rassurante » : le tête-à-tête avec soi-même peut être effrayant et pas toujours opportun.

Sachez cependant que dans la plupart des communautés, si vous faites le choix d'une retraite en solo et en silence, l'écoute, voire l'accompagnement d'un moine ou d'une moniale – formé pour cela – est cependant souvent possible.

Ce séjour, surtout lorsqu'il est effectué en solitaire, peut aussi s'avérer déstabilisant pour les hommes et femmes pressés et débordés que nous sommes : là-bas, on n'a « rien à faire », rien à prouver, personne à qui se comparer et pas de conversations mondaines à tenir... Le silence des lieux peut oppresser. Les ermites le savent : de même que les avions passent le mur du son, il y a un mur du silence à traverser. Essayez !

L'hôtellerie monastique n'est pas une maison de vacances ni de repos. Chaque lieu a ses horaires, ses exigences, ses règles de vie. Voici la réponse aux questions les plus couramment posées aux frères et sœurs hôteliers.

Quel temps consacrer à une retraite ?

Les habitués n'hésitent pas à prendre une semaine par an de ressourcement. Si vous y allez pour la première fois, peut-être faut-il être plus progressif.

Prendre deux jours, c'est prendre un temps de retrait vital, s'initier au silence et au retournement intérieur. C'est une mise en route.

Prendre cinq jours : c'est faire une expérience qui s'inscrit dans une durée.

S'octroyer d'une semaine à dix jours, c'est prendre le temps de sentir et de goûter les choses intérieurement.

La mixité est-elle autorisée ?

Certaines communautés pratiquent ce qu'on appelle la clôture. Autrement dit, une ligne (virtuelle) qui signifie la frontière entre la vie profane, orientée vers le monde, et la vie consacrée, orientée vers Dieu seul. Elle n'est franchie par les moines et les moniales que dans des cas exceptionnels. Les hôtes sont généralement invités à ne pas franchir cette clôture (sauf parfois si l'on est du même sexe mais, même dans ce cas, on ne pénètre pas n'importe où dans le monastère).

Dans ces monastères, des lieux d'accueil sont prévus pour les retraitants au-delà de la clôture. Certains sont mixtes, d'autres pas. Les proches sont parfois les bienvenus : ici vous pourrez venir en couple, là en famille. Dans la plupart pourtant, vous êtes invité à venir seul ou avec un groupe de réflexion. C'est à une expérience nouvelle que vous êtes convié.

Sauf mention contraire, la plupart des lieux de ce guide accueillent aujourd'hui aussi bien les hommes que les femmes.

Est-il nécessaire d'être croyant ? Dois-je être baptisé pour pouvoir passer quelques jours dans une communauté monastique chrétienne ? Pour aller chez des bouddhistes, dois-je avoir « pris refuge » dans le Bouddha ? Un juif ou un athée peut-il être accueilli dans une abbaye cistercienne ?

La vocation à l'accueil et à l'hospitalité est inscrite dans la plupart des « règles de vie » des ordres et des communautés. Elle leur interdit de « trier » les hommes et les femmes qui frappent à leur porte : dans des lieux où l'on est en droit d'attendre une plus grande humanité qu'ailleurs, aucun critère de discrimination n'est toléré. On y est donc bienvenu quelle que soit son appartenance religieuse, sociale, politique ou sexuelle. De même qu'un hôtelier ne choisit pas ses clients, l'hôtellerie monastique ouvre les bras à tous ceux qui éprouvent le besoin de faire une halte.

À quoi correspondent les offices monastiques ?

Les couvents et monastères chrétiens rythment leurs journées en célébrant jusqu'à sept offices (temps de prière) par jour. Jésus recommandait à ses disciples : « *Restez éveillés et priez en tout temps*[1]. » Aussi les moines, moniales et personnes consacrées rythment-ils leurs journées par des temps de ferveur dans le rappel de Dieu. Ces temps de prières réunissent les moines plusieurs fois par jour dans l'église du monastère.

Les offices monastiques portent des noms différents selon l'heure du jour et leur tonalité dominante : les laudes (office matinal de louange, avant le petit-déjeuner), les petits offices de tierce (après le petit-déjeuner), sexte (avant le déjeuner), none (après le déjeuner), les vêpres (office de fin de l'après-midi, au coucher du soleil), les complies (dernier office avant le repos de la nuit) et les vigiles ou matines (au cœur de la nuit ou très tôt le matin).

Ce sont des « bornes » dans la journée, un arrêt pour se remettre en présence de Dieu. Les offices sont susceptibles de « rendre aux hommes une signification spirituelle. Des inquiétudes spirituelles. Faire pleuvoir sur eux quelque chose qui ressemble à un chant grégorien[2] ».

Est-on obligé d'assister aux offices ?

Les hôtes sont invités à participer aux offices principaux mais cela est rarement une obligation, pas plus pour les croyants que pour les non-croyants. Dieu ne force pas la relation et les convictions de chacun sont respectées. Le plus grand respect règne dans ces lieux.

Si vous en avez l'envie et le courage, n'hésitez pas à assister à l'office du milieu de la nuit dans les communautés qui le pratiquent : à l'heure où la plupart d'entre nous dormons, des hommes et des femmes veillent et prient pour le monde. Ce temps de prière est particulièrement fervent. Être témoin ou participant de ces prières dans les ténèbres remet de nombreuses choses à leur place.

> « *Comment peut-on ne pas adorer les cloîtres, ces lieux tranquilles, fermés et frais, inventés, semble-t-il, pour faire naître la pensée pendant qu'on va à pas lents sous les longues arcades mélancoliques ?* »
>
> Guy de MAUPASSANT.

1. Évangile de saint Luc 21, 36.
2. Antoine de Saint-Exupéry, *Un sens à la vie*, Gallimard, 1956.

Qu'appelle-t-on les nourritures spirituelles ?

Faire une pause dans un lieu de prière et de silence est idéal pour se nourrir autrement que dans notre monde de consommation effrénée. En particulier, les communautés monastiques mettent à votre disposition leur bibliothèque dans laquelle, si vous le souhaitez, vous pourrez trouver des nourritures spirituelles. Entendez par là des livres qui vont nourrir et vivifier vos questionnements et votre cœur.

Vous ne trouverez en général ni télévision, ni radio, ni quotidiens, ni magazines. Pour une courte durée, vous avez quitté le monde, sa dispersion, ses tentations. Vous êtes à l'intérieur de vous-même, vous n'êtes plus à l'extérieur...

Puis-je porter le signe ostensible d'une autre religion ?

Tout est question de bon sens, pas de droit. Ici, ce ne sont pas les règles de la laïcité qui s'appliquent mais celles du respect de l'autre. De même, il n'est pas interdit de se maquiller et de porter des bijoux. Mais est-ce le lieu ?

Doit-on participer aux tâches de la vie collective ?

Les hôtes, hommes et femmes, peuvent être invités à entretenir leur chambre et à participer aux tâches communautaires (mettre le couvert, faire la vaisselle, éplucher les légumes, etc.). La dimension communautaire de la retraite fait souvent partie intégrante du travail intérieur qui s'accomplit.

Est-il possible d'obtenir une chambre seule ?

Tout dépend de la capacité d'accueil du lieu. Tout dépend également de ce qui vous a conduit à faire cette retraite. Les moments d'échange avec une personne inconnue dans votre chambre peuvent s'avérer des temps forts de votre séjour. Cela peut aussi nuire à l'intériorité dont vous avez besoin. À vous d'en juger. Ce choix peut s'avérer important.

Combien cela coûte-t-il ?

Il n'y a pas de prix, seulement un barème. À titre indicatif, les tarifs diocésains en vigueur pour l'hébergement sont de l'ordre de 25 €. Il faut compter entre 35 et 40 € pour être logé et nourri. Des arrhes sont parfois souhaitées lors de la réservation. L'aspect financier ne doit *en aucun cas* être un obstacle à votre retraite et est encore souvent laissé à votre discrétion.

Le silence est-il obligatoire ?

Toutes les communautés n'imposent pas le silence absolu. Néanmoins, le but d'un séjour à l'hôtellerie est le ressourcement spirituel. Un climat de silence doit être préservé dans les locaux et les abords de l'hôtellerie. Vous en découvrirez vite la raison : le silence **agit**. Peut-être parce qu'il ouvre le cœur.

> « *Parle si tu as des mots plus forts que le silence,*
> *ou garde le silence.* »
>
> EURIPIDE.

Que mange-t-on ?

Choisir de prendre la pension complète permet l'immersion dans l'ambiance monastique. Mais attention, il ne s'agit pas de séjours gastronomiques (quoique les frères et sœurs cuisiniers ne boudent pas toujours le plaisir de recevoir !!!). Les repas partagés sont le plus souvent simples (les gourmands ont parfois de très bonnes surprises). Les repas du soir sont généralement légers, tout dépend qui officie en cuisine ! Si vous suivez un régime alimentaire médical spécial, les cuisiniers s'efforcent d'en tenir compte. Dans de nombreuses communautés, les repas sont pris en silence.

Est-il possible d'avoir des contacts avec l'extérieur ?

Sur place et à disposition des retraitants, dans la plupart des lieux d'accueil, vous trouverez tous les moyens de communication usuels (téléphone et fax). Une fois dans l'enceinte, il est préférable de couper votre portable : d'une part parce que le silence des lieux est l'une des choses les plus précieuses pour vous et pour votre voisin de chambre ; d'autre part parce que faire une pause, c'est aussi quitter le tourbillon des relations.

À quelle heure a lieu l'extinction des feux ?

Chaque lieu a ses horaires : pour les offices, pour les repas, pour les temps collectifs, pour les temps de douche, pour l'extinction des feux... En règle générale, vous êtes invité à regagner votre chambre après le repas du soir ou, éventuellement, à aider en cuisine pour la vaisselle. Ici, on se couche tôt et on se lève tôt : se rapprocher du rythme de la nature amène progressivement une belle sérénité.

Est-il possible de partir quand on le souhaite ?

Rien n'est subi mais choisi ! Vous êtes libre de partir si vous le souhaitez. Certains peuvent en effet être déstabilisés par le silence et l'atmosphère de recueillement. Cela étant dit, un temps de parole et de partage avec un frère ou une sœur de la communauté suffit en général à retrouver sa sérénité et à rester jusqu'au bout du temps initialement choisi. Tout en sachant que la durée maximale d'un séjour est en règle générale de huit jours.

Y a-t-il une boutique pour rapporter des souvenirs ?

Le travail manuel est bien souvent un moyen de subsistance pour la communauté. Parallèlement à l'art sacré (icônes, objets de culte, bougies, croix, chapelets...), de nombreuses boutiques proposent des produits du terroir (confiture, miel, alcool...) ou des produits de soin (baumes aux huiles essentielles, savons, eaux de Cologne...). Certains ont même une librairie pour accompagner ou prolonger votre séjour par des nourritures spirituelles. Un label collectif, MONASTIC, a été créé pour garantir l'origine monastique des produits et fédère à ce jour deux cents lieux membres [1].

Si j'ai besoin de parler, est-il possible d'échanger avec quelqu'un ?

Ici, vous ne trouverez pas de « cellule psychologique » mais un rendez-vous avec vous-même ! Néanmoins, de nombreuses communautés offrent un accompagnement spirituel à ceux qui en font la demande. L'écoute n'est-elle pas l'une des grandes lois de l'amour ? Vous pourrez ainsi, comme chez les petites sœurs de Bethléem par exemple, rencontrer telle « petite sœur de la communication » une heure par jour. Des moines et moniales ont reçu une formation à l'accueil, à l'écoute et au discernement.

Un conseil : réservez à l'avance !

En règle générale, il est déconseillé de s'y prendre à la dernière minute. Les possibilités sont nombreuses dans toute la France (*Le guide Saint-Christophe*, référence en la matière, propose tout de même sept cent cinquante adresses), mais les places sont limitées dans chaque lieu. Cela est vrai en particulier si vous venez en groupe ou en famille, et il n'est pas rare, dans ces cas-là, de devoir réserver neuf mois à l'avance !!! Attention à la période d'été, particulièrement chargée. D'une manière générale, les

1. Pour plus d'information : Monastic, 10, allée du Carmel, 40500 Saint-Sever. Tél. / Fax : 05 58 76 28 64. Site : http://www.monastic-euro.org/

vacances scolaires et les grandes fêtes religieuses sont des dates très demandées.

Écrivez le plus tôt possible pour être sûr d'être accepté, non qu'il y ait une sélection mais parce que les places sont rares. Les lieux sont nombreux mais les demandes le sont encore plus ! Lorsque cela vous est possible, il est souhaitable de prendre contact avec le frère (ou la sœur) hôtelier assez longtemps avant la date envisagée pour votre séjour au monastère.

N.B. Vous risquez parfois d'avoir du mal à joindre le frère hôtelier ou la sœur hôtelière par téléphone : vie monastique oblige, les heures d'accueil ne correspondent pas à celles des horaires de bureau ! Lorsque cela est possible, nous vous avons donné les créneaux horaires pendant lesquels vous trouverez un frère ou une sœur au bout du fil. De plus en plus de lieux d'accueil disposent aujourd'hui d'un site Internet.

Conseils aux retraitants

1) Oubliez tout

« Si vous vous écartez du train du monde et des choses ordinaires de la vie, ce n'est pas pour amener, au lieu de retrait, votre agenda (c'est-à-dire, littéralement, les choses à faire). Ni vos soucis. Ni vos regrets. Désencombrez-vous, soyez vide, pas seulement des préoccupations temporelles, mais aussi des spirituelles. Ne soyez pas « pré-occupé », c'est-à-dire occupé d'avance. Laissez même à la porte votre désir de faire une bonne retraite : rien n'est plus encombrant. Ainsi peut-être y aura-t-il quelque chose de neuf [...]. »

2) Jugez l'arbre à ses fruits

« [...] Le lieu bon est, pour chacun, le lieu qui lui fait du bien. Pas celui qui doit, selon les principes, lui en faire, mais celui qui lui en fait. Fruits de l'Esprit : paix, détente de l'âme, jubilation des dons de Dieu, courage, bienveillance envers tous, honnêteté de l'esprit, foi, espérance, charité. Là où ces fruits croissent en vous, là est le bon lieu de votre retraite. Car il s'agit de vous retirer de ce qui est mort en vous [...]. »

3) Prenez vos aises

« [...] Ce qui est premier n'est pas le labeur que nous nous imposons mais le don qui, gratuitement, nous est donné : banalité chrétienne constamment oubliée. La gracieuseté de la grâce est trop souvent devenue, en fait, un devoir supplémentaire : quand on a tout fait, il faut en plus reconnaître qu'on n'y est pour rien (tout vient de Dieu) et ajouter à tout le travail le remerciement obligé, l'action de grâce. Mais le don n'est pas une idée, accompagné d'un devoir, c'est un don [...]. »

4) Ne nommez pas Dieu

« [...] Le bon retrait est plein de réserve quant à Dieu. Moyennant quoi, tous les styles sont permis : le silence, la parole indirecte ou voilée, ou même le foisonnement ou la richesse exubérante de l'expression. Question de style : il y a une profusion du verbe et de l'image qui dit à sa manière l'Insaisissable [...]. »

5) Ne décidez de rien

« [...] Ne décidez pas de décider. Soyez libre, demeurez les mains ouvertes vis-à-vis de ce pouvoir que vous aurez ou n'aurez pas : décider. Il se peut que s'impose à vous tel choix, tel abandon, tel engagement. Mais que ça s'impose du dedans, par une force où vous reconnaissez enfin qui vous êtes [...]. »

6) Allez au ciel

« Si, faisant retraite, vous allez au ciel, vous le saurez par ceci : que vous aurez une plus grande et universelle tendresse pour vos frères humains. »

7) Changez le monde

« Faisant retraite, vous changez le monde. Je ne dis pas : vous vous préparez à changer le monde, ou vous prenez la résolution de travailler à ce changement, ou vous priez Dieu pour que le monde change. C'est trop peu, vraiment. Si votre retraite est vraiment du bon côté, vous changez le monde... Le bon retraitant perd tout : la banalité du monde et la banalité consolante de la religion. Il se retrouve tout nu ; il n'a plus que Dieu pour nourriture et il ne sait même plus qui est Dieu. »

Maurice BELLET, Article paru dans la revue *Christus*, avril 1985, repris dans *Passer par le feu*, éditions Bayard.

Avertissement

Chaque grande famille monastique édite un annuaire avec toutes ses adresses. Vous trouverez ici une sélection des « grands classiques ». Nous avons préféré les classer par famille spirituelle plutôt que par région, comme c'est souvent le cas. En effet, chaque famille a sa spécificité propre. Aussi nous a-t-il paru utile de connaître brièvement leur spiritualité. Car si on choisit parfois un lieu de silence parce qu'il est proche de chez soi, il importe d'abord de connaître l'esprit qui sous-tend sa vie et sa façon d'accueillir les hôtes de passage. Comme dans un bouquet coloré, chaque famille monastique chrétienne a son parfum, ainsi, on retiendra la solitude dépouillée du Carmel, l'hospitalité des bénédictins, l'ouverture orientale des orthodoxes ou encore la philosophie d'une communauté bouddhiste, hindouiste ou laïque. À vous de voir ce dont vous avez envie ou besoin...

Nous avons en général retenu des lieux dans la paix de la nature : le calme environnant et les beautés naturelles ajoutent au climat de recueillement. Sur le chemin de la détente de l'âme, la nature est la meilleure alliée. C'est ainsi que certaines régions magnifiques, comme l'Isère ou l'Ardèche, sont des terres de contemplatifs. En marge des lieux exceptionnels, nous avons aussi sélectionné des adresses à « taille plus humaine » : il est des adresses prestigieuses, empreintes de profondeur et de majesté, mais il en est tant d'autres aussi dont l'humilité et la simplicité savent être des compagnes de chemin incomparables. Afin de pouvoir vous offrir le plus d'adresses possible tous les lieux ne sont pas systématiquement commentés. La plupart des commentaires émanent d'ailleurs des communautés elles-mêmes. Certaines sont communicantes, d'autres plus discrètes... Mais chacune a sa couleur et sa façon d'accueillir. Laissez aussi faire le hasard et pardonnez notre subjectivité : elle est impossible à contourner lorsque l'on ne retient approximativement qu'un lieu sur dix...

N.B. Suffisamment de guides sont dédiés aux lieux de pèlerinage : nous en avons écarté les adresses.

« *Je vais où Dieu me mène,*
incertain de moi, mais sûr de lui. »

LACORDAIRE, dominicain,
prédicateur à Notre-Dame de Paris au XIXe siècle.

Première partie

Lieux de retraites chrétiens

Chapitre 1

Bénédictins, Cisterciens et Trappistes

Ces ordres monastiques ont été fondés par saint Benoît et saint Bernard.

La règle de saint Benoît, rédigée au VIe siècle, a pour but de créer des conditions favorables à une parfaite recherche de Dieu. La contemplation bénédictine se caractérise par un style de vie cloîtré dans le silence et orienté autour de trois piliers : la prière, le travail et la vie fraternelle.

La prière comprend des temps de méditation personnels mais aussi des temps communautaires : sept fois par jour, la communauté se rassemble dans l'église du monastère pour y chanter l'office liturgique. Les bénédictins de nombreuses communautés ont maintenu la liturgie en latin et transmettent l'héritage spirituel des chants grégoriens.

Toutes les abbayes de la tradition bénédictine (bénédictins, cisterciens et trappistes) ont une hôtellerie : l'accueil des hôtes, surtout pour un temps de ressourcement spirituel, est inscrit dans la règle de saint Benoît, et les communautés ont généralement une partie de leurs bâtiments affectés à l'accueil.

« Tous ceux qui viennent au monastère seront reçus comme le Christ. »

Règle de saint Benoît.

A. Bénédictins

N.B. Ici, on se sent accueilli et réchauffé. Plus personnel et subjectif : on y est assez strict sur les horaires, mais on y mange souvent bien !

Pour plus d'information sur l'ordre de Saint-Benoît : http://www.osb.org/

- **Monastère du Saint-Sacrement (Bas-Rhin, Alsace)**

À 25 km de Strasbourg, le monastère est blotti au creux des collines sous-vosgiennes. Les religieuses contemplatives accueillent groupes, familles et personnes isolées qui veulent vivre un temps de réflexion et de paix dans une ambiance de prière, afin d'y puiser des forces vives. Elles accueillent également des sessions de chant grégorien deux ou trois fois par an. Une ferme est aménagée à l'extrémité du parc.

La situation privilégiée du monastère a inspiré un projet audacieux mais soutenu et encouragé par le représentant du Saint-Siège auprès du Conseil de l'Europe : ouvrir le monastère à des moniales et à des jeunes venus d'Europe qui désireraient participer à la vie monastique en apportant leurs propres richesses spirituelles et culturelles et témoigner ainsi que l'unité de l'Europe est possible.

Contact :
1, rue Saint-Benoît
67560 Rosheim
Tél. : 03 88 50 41 67
Fax : 03 88 50 42 71
Courriel : info@benedictines-rosheim.com
Site : http://www.benedictines-rosheim.com/

• **Le prieuré Saint-Jean-Baptiste (Dordogne, Aquitaine)**

À 90 km de Bordeaux, au cœur du Périgord, dans la Double, immense forêt parsemée de centaines d'étangs. Cette communauté de moines handicapés a adapté la règle de saint Benoît à leur situation de handicap (elle fait partie de la congrégation bénédictine Notre-Dame d'Espérance) et occupe une grande ferme entourée de ses terres. Des familiers et des personnes non handicapées désirant se joindre à la communauté dans un esprit de service et d'attention à leurs frères sont accueillis avec joie. Les frères pratiquent l'hospitalité et l'accueil des plus démunis. La communauté s'épanouit dans un climat de prière fervente et d'union avec le monde de la souffrance.

Contact :
24410 Echourgnac
Tél. : 05 53 80 36 44
Courriel : mn.echourgnac@wanadoo.fr
Site : http://prieure.echourgnac.free.fr/

• **Abbaye de Notre-Dame de Belloc (Pyrénées-Atlantiques, Aquitaine)**

À 25 km de Bayonne, aux confins des Pays basque, béarnais et landais, la communauté accueille hommes, groupes et couples mariés pour des séjours ne dépassant pas cinq/six jours. Pour vivre selon le rythme de la communauté et dans son climat de recueillement. Des frères peuvent aider à l'accompagnement spirituel des retraitants individuels. Promenades dans les sentiers pyrénéens.

Contact :
64240 Urt
Tél. : 05 59 29 65 55
Fax : 05 59 29 44 08
Courriel : benedictins@belloc-urt.org
Site : http://www.belloc-urt.org/

• **Monastère Sainte-Scolastique (Pyrénées-Atlantiques, Aquitaine)**

En pleine campagne basque, sur la route impériale des cimes. Accueil des femmes et des couples pour une durée d'une semaine maximum.

Contact :
64240 Urt
Tél. : 05 59 70 20 28
Fax : 05 59 29 18 64
Courriel : benedictines-urt@wanadoo.fr

• **Abbaye Saint-Vincent (Allier, Auvergne)**

À 30 km de Vichy. L'abbaye Saint-Vincent, au cœur du Bourdonnais, jouit d'un cadre naturel rare. Son église romane du XIIe siècle se dessine sur une presqu'île de verdure et le monastère a été magnifiquement restauré au XVIe siècle. Qui veut séjourner dans la maison d'accueil pour partager la vie de prière des sœurs et vivre un temps spirituel est le bienvenu mais il doit prendre un engagement de silence. Dans un village à 300 m d'altitude. De belles promenades dans la région sont possibles.

Contact :
14, rue Anne-de-Beaujeu
03140 Chantelle
Tél. : 04 70 56 62 55
Fax : 04 70 56 15 30
Courriel : contact@benedictines-chantelle.com
Site : http://www.benedictines-chantelle.com/

• **Abbaye Notre-Dame de Randol (Puy-de-Dôme, Auvergne)**

À 10 km de Clermont-Ferrand, à la sortie des gorges sauvages de la Monne. Dans la solitude et la splendeur des monts d'Auvergne, l'abbaye bénédictine de Randol conjugue architecture moderne avec liturgie en latin et chant grégorien, « tenant le regard en éveil et le cœur en paix ». Pour les hommes uniquement.

Contact :
63450 Saint-Amant-Tallende
Tél. : 04 73 39 31 00 (le matin : entre 9 heures et 9 h 45 ou de 11 h 30 à 12 h 30 ; l'après-midi : entre 15 heures et 16 h 45 ou de 18 heures à 18 h 20)

Fax : 04 73 39 05 28
Courriel : postmaster@randol.org
Site : http://www.randol.org/

• **Abbaye Notre-Dame de Protection (Manche, Basse-Normandie)**

À 20 km de Cherbourg, à l'intérieur des terres du Cotentin. Pour vivre un temps de retraite, de silence, de ressourcement en un lieu propice au calme. Messe en grégorien.

Contact :
8, rue des Capucins
50700 Valognes
Tél. : 02 33 21 62 82
Fax : 02 33 21 62 83
Courriel : accueil.valognes@wanadoo.fr
Site : http://perso.wanadoo.fr/abbaye.valognes/

• **Abbaye de Saint-Joseph de Clairval (Côte-d'Or, Bourgogne)**

À côté de Dijon. L'abbaye se situe dans un village médiéval de Bourgogne. Elle organise des retraites – inspirées des exercices de saint Ignace – pour faire participer les laïcs aux richesses de la vie contemplative. En dehors de ces temps-là, elle est également ouverte à des retraites individuelles (accueil réservé aux hommes pour des retraites de cinq jours).

Contact :
21150 Flavigny-sur-Ozerain
Tél. : 03 80 96 22 31
Fax : 03 80 96 25 29
Courriel : abbaye@clairval.com
Site : http://www.clairval.com/

• **Abbaye de la Pierre-qui-Vire (Yonne, Bourgogne)**

À 30 km d'Avallon. Le monastère de la Pierre-qui-Vire est situé au cœur de la Bourgogne, dans les forêts isolées et propices au recueillement du Morvan. L'hôtellerie est ouverte toute l'année, sauf en janvier, pour des retraites individuelles de deux à sept jours. Les hôtes (hommes, femmes, couples) peuvent demander à bénéficier de l'accompagnement spirituel d'un frère. Pas de retraites prêchées.

Contact :
Renseignements et réservations par courrier ou fax uniquement
89630 Saint-Léger-Vauban
Fax : 03 86 32 22 33
Site : http://www.abbaye-pierrequivire.asso.fr/

• **Abbaye de Kergonan (Morbihan, Bretagne)**

À proximité de l'océan et du site mégalithique de Carnac, cette maison de prière, fondation de Solesmes, est bâtie sur le granit breton : la louange liturgique et le chœur des moines s'accordent à la houle de l'océan tout proche. Pour profiter de l'héritage spirituel des chants grégoriens et de tonifiantes randonnées, à l'entrée de la presqu'île de Quiberon.

Contact :

– Abbaye Saint-Michel (pour les hommes)
56340 Plouharnel
Tél. : 02 97 52 32 14
Fax : 02 97 52 37 66
Courriel : abbesse.smk@wanadoo.fr

– Abbaye Sainte-Anne (pour les femmes)
BP 11
56340 Plouharnel
Tél. : 02 97 52 30 75
Fax : 02 97 52 41 20
Courriel : communaute@abbaye-ste-anne-kergonan.org
Site : www.abbaye-ste-anne-kergonan.org

• **Abbaye Notre-Dame de Fontgombault (Indre, Centre)**

L'abbaye a été fondée en 1091. Interrompue en 1741, la vie bénédictine y a été restaurée en 1948 par des moines de l'abbaye de Solesmes. Elle est connue dans le monde entier et accueille les personnes qui aspirent à un temps de recueillement ou de réflexion et qui, pour cela, sont disposées à « ne pas troubler le silence du monastère, se contenter de l'austérité qu'on y trouve et assister aux principaux offices ».

Hommes (hôtellerie interne) et femmes (hôtellerie externe).

Contact :

36220 Fontgombault
Tél. : 02 54 37 12 03
Fax. : 02 54 37 12 56
Site : http://perso.orange.fr/fontgombault/abbaye.htm/

• **Abbaye de Notre-Dame de Bouzy (Loiret, Centre)**

Dans un cadre de verdure, à l'orée de la forêt d'Orléans, la communauté accueille très volontiers toutes les personnes (seules ou en groupe) désireuses de séjourner quelques jours à l'accueil.

Contact :

73, route de Mi-Feuillage
45460 Bouzy-la-Forêt
Tél. : 02 38 46 88 99
Fax : 02 38 46 88 97
Site : http://www.benedictines-bouzy.com/

• **Monastère du Saint-Sacrement (Corse)**

Au nord de Bastia, dans l'enchanteresse région du cap Corse. Ce couvent du XIXe siècle a élu refuge dans un cadre austère, à deux pas de la mer et du village ancien d'Erbalunga. Belles promenades pour méditer dans le maquis alentour. Uniquement entre juin et septembre.

Contact :
20222 Erbalunga
Tél. / Fax : 04 95 33 22 81
Courriel : erbalunga@free.fr

• **Abbaye Notre-Dame du Bec-Hellouin (Eure, Haute-Normandie)**

L'un des joyaux de l'architecture mauriste des XVIIe et XVIIIe siècles. Entre parcs et jardins, l'abbaye étend ses splendides bâtiments au fond de la vallée du Bec, cette petite rivière qui lui a donné son nom. Majestueuse et paisible, elle accueille tous ceux qui veulent profiter du rythme de la journée bénédictine pour entrer dans un temps de silence et de prière. Une hôtellerie extérieure est également à la disposition des groupes : de fait, la communauté porte un intérêt particulier à l'œcuménisme et accueille notamment les anglicans, protestants et orthodoxes qui s'intéressent à l'unité des chrétiens. La maison des hôtes est fermée en janvier.

Contact :
27800 Le Bec-Hellouin
Tél. : 02 32 43 72 62 (hôtellerie)
Fax : 02 32 44 96 69
Courriel : hotes@abbayedubec.com
Site : http://www.abbayedubec.com/

• **Monastère Sainte-Françoise-Romaine (Eure, Haute-Normandie)**

Les moniales sont en lien avec les frères de l'abbaye du Bec-Hellouin, à 2 km. Les deux communautés se rejoignent pour les offices majeurs, chantés en grégorien et en français.

Contact :
27800 Le Bec-Hellouin
Tél. 02 32 44 81 18
Fax : 02 32 45 90 53

• **Abbaye de Saint-Wandrille (Seine-Maritime, Haute-Normandie)**

À 35 km de Rouen. Depuis treize siècles, Saint-Wandrille entend témoigner, dans la diversité des époques, de la réalité spirituelle et de l'absolu de Dieu. D'ici sortirent plusieurs évêques et une trentaine de saints inscrits au catalogue des saints de l'Église. L'abbaye accueille les hôtes désireux de vivre un temps de silence et de recueillement spirituel aux côtés de la communauté monastique. Il existe une hôtellerie intérieure pour les hommes, et une hôtellerie extérieure (Saint-Joseph) pour les femmes et les familles. Des groupes de jeunes peuvent être reçus dans deux logements annexes. Il est demandé aux hôtes de participer à la messe et aux offices principaux de la communauté.

Contact :
2, rue Saint-Jacques
76490 Saint-Wandrille-Rançon
Tél. : 02 35 96 23 11
Fax : 02 35 96 49 08
Courriel :
Femmes ou couples : st.joseph@st-wandrille.com
Hommes et groupes : hotellerie@st-wandrille.com
Site : http://www.st-wandrille.com/

- **Abbaye Notre-Dame et Saint-Pierre (Seine-et-Marne, Île-de-France)**

À 60 km de Paris, aux environs de Coulommiers, dans un vaste et calme espace vert, c'est l'une des plus anciennes abbayes de France. Elle reçoit des femmes, jusqu'à deux semaines de séjour. Les jeunes (une vingtaine) sont accueillis en autogestion à « Subiaco ». Participation à la vie liturgique souhaitée.

Contact :
77515 Faremoutiers
Tél. : 01 64 04 20 37 (de préférence entre 12 h 30 et 13 heures ou entre 18 h 40 et 19 heures)
Fax : 01 64 20 04 69

- **Abbaye d'En Calcat (Tarn, Midi-Pyrénées)**

À 70 km de Toulouse et 15 km de Castres.

Contact :
81110 Dourgne
Tél. : 05 63 50 32 37
Fax : 05 63 50 34 90
Courriel : hotellerie@encalcat.com
Site : http://www.encalcat.com/

– À côté, les sœurs bénédictines de Sainte-Scolastique :
81110 Dourgne
Tél. : 05 63 50 75 70
Fax : 05 63 50 12 18
Courriel : hotellerie@benedictines-dourgne.org

• **Abbaye de Wisques (Pas-de-Calais, Nord-Pas-de-Calais)**
À 7 km de Saint-Omer, dans une paisible campagne. Depuis plus de cent ans, sur la colline de Wisques, les moines et moniales bénédictins assurent leur office de louange en chant grégorien.

Contact :
– Abbaye Notre-Dame (pour les femmes)
Rue de la Fontaine
62219 Wisques
Tél. : 03 21 95 12 26
Fax : 03 21 95 56 69
– Abbaye de Saint-Paul (pour les hommes)
Rue des Écoles
62219 Wisques
Tél. : 03 21 12 28 78 (hôtellerie)
Fax : 03 21 12 28 51
Courriel : hot@abbaye-wisques.com
Site : http://www.abbaye-stpaul-wisques.com/accueil.html/

• **Monastère Notre-Dame de la Paix (Sarthe, Pays de la Loire)**
Sur la route de Vouvray, à proximité de la forêt de Bercé. Le monastère est situé près du Loir, en pleine campagne. Hôtellerie hors clôture.

Contact :
72500 Flée
Tél. : 02 43 44 14 18
Fax : 02 43 79 18 92

• **Abbaye Saint-Pierre de Solesmes (Sarthe, Pays de la Loire)**
Entre Le Mans et Angers. Le prieuré de Solesmes, fondé en 1010, fut rasé. L'actuelle abbaye date de 1837 et domine la vallée de la Sarthe. Solesmes est une communauté monastique vivante et nombreuse, réputée pour ses chants grégoriens, ses chœurs et ses travaux de musicologie. Elle prie, étudie et travaille de ses mains. Une telle vocation, contemplative, pour laquelle les bâtiments ont été conçus, requiert absolument un climat de silence et de paix. L'église abbatiale est ouverte aux retraitants pour certains offices de jour. Pour une retraite austère et solennelle, à l'écart du monde.

– Séjour dans l'enceinte monastique (réservé aux hommes)
Durée maximum : une semaine. Silence à respecter. Possibilité d'accompagnement spirituel.
Contact :
1, place Dom-Guéranger
72300 Solesmes
Tél. : 02 43 95 03 08

Fax : 02 43 95 03 28
Courriel : hospescodesolesmes.com
Site : http://www.solesmes.com/

– Séjour à l'extérieur de l'enceinte monastique :
Dans un cadre magnifique, à 200 m de l'abbaye, deux lieux sont ouverts, notamment aux femmes et aux groupes mixtes, plutôt jeunes : la Marbrerie et Saint-Clément. Réservé aux groupes à motivation religieuse.

– Également, dans le village de Solesmes, l'accueil Sainte-Anne est tenu par les moniales bénédictines de l'**abbaye Sainte-Cécile** (à 200 m de l'abbaye Saint-Pierre). Pour hommes, femmes et enfants.
Contact :
S'adresser à la sœur hôtelière,
21, rue Jules-Alain
72300 Solesmes
Tél. : 02 43 95 45 05
Fax : 02 43 95 52 01

• **Abbaye Sainte-Marie de Maumont (Charente, Poitou-Charentes)**
Entre Angoulême et Bordeaux, dans la campagne, sur les pentes d'un doux vallon. L'abbaye accueille toute l'année familles, groupes ou retraites individuelles. Chaque jour, il est possible de participer aux offices liturgiques avec la communauté, de travailler avec des moniales et de découvrir à travers la Bible et les Psaumes comment d'autres hommes ont affronté la souffrance, la peur, la maladie, la mort. Possibilité de rencontrer une sœur ou un frère.
Contact :
16190 Juignac
Tél. : 05 45 60 34 38
Fax : 05 45 60 29 02
Courriel : maumont.accueil@wanadoo.fr
Site : http://www.maumont.com/

• **Monastère de l'Annonciation (Deux-Sèvres, Poitou-Charentes)**
À côté de Saint-Maixent. Les bénédictines se sont implantées dans un ancien logis huguenot, en cette terre protestante marquée par les guerres de Religion. Elles y vivent une présence monastique simple, accueillante à tous, signe de réconciliation et de paix, dans la campagne verdoyante du pays mellois.

Contact :
Pïé Foulard
79370 Prailles
Tél. : 05 49 32 69 81
Fax : 05 49 05 52 17

- **Abbaye Saint-Martin de Ligugé (Vienne, Poitou-Charentes)**
À 8 km de Poitiers. L'abbaye de Ligugé est le plus ancien monastère d'Occident, au milieu d'un village poitevin au sud de Poitiers. Il a été fondé par saint Martin en 361. Les bâtiments actuels datent du XIXe siècle. Seul, en couple ou en groupe, chacun a la possibilité de séjourner pendant un temps à l'abbaye. On y trouve une discrétion chaleureuse. Chaque année, l'abbaye de Ligugé accueille ainsi plus de douze mille personnes, d'horizons très divers.
Contact :
2, place A. Lambert
86240 Ligugé
Tél. : 05 49 55 21 12
Fax : 05 49 55 10 98
Courriel : accueil@abbaye-liguge.com
Site : http://www.abbaye-liguge.com/

- **Monastère Notre-Dame de Ganagobie (Alpes-Haute-Provence, PACA)**
Entre Sisteron et Manosque, l'abbaye est réputée pour son site exceptionnel, ses mosaïques du Moyen Âge, son architecture romane, sa bibliothèque riche d'environ cent mille livres (soit 5 km de rayons) et ses possibilités de retraites individuelles ou collectives. On y retrouve ses racines en se remettant en présence de Dieu et en vivant au rythme de la communauté et dans son climat de recueillement. Le plateau de Ganagobie offre des sentiers pour de superbes promenades. Possibilité de rencontrer un moine. Pour hommes, femmes, couples et groupes. Deux jours minimum, huit jours maximum.
Contact :
04310 Ganagobie
Tél. : 04 92 68 00 04 (avec répondeur), de préférence de 10 h 30 à 11 h 30 et de 15 heures à 17 heures (sauf le lundi)
Fax : 04 92 68 11 49
Courriel : p.hotelier@ndganagobie.com
Site : http://www.ndganagobie.com/

- **Communautés monastiques de Sainte-Lioba (Bouches-du-Rhône, PACA)**
Près de Marseille, dans un paysage de garrigue. Comme un petit hameau provençal, le monastère des moniales est un ensem-

ble de petites maisons juxtaposées. À côté, les frères accueillent au monastère Saint-Germain. Accueil pour une durée de huit jours maximum.

Contact :
13109 Simiane-Collongue
Tél. : 04 42 22 60 60
Fax : 04 42 22 79 50
Courriel : benedictins@lioba.com
Site : http://www.lioba.com/

B. Cisterciens et Cisterciens de la stricte observance (trappistes)

Pour des informations sur les cisterciens de la stricte observance : http://www.ocso.org/net/ocso-fr.htm/

N.B. Attention, silence de rigueur.

- **Abbaye Notre-Dame de Bonne-Espérance (Dordogne, Aquitaine)**

À l'orée d'un bois, les moniales reçoivent des personnes individuelles ou des groupes pour dix jours maximum. Les retraitants sont invités à participer à la prière des Heures de la communauté qui célèbre Dieu sept fois par jour. Un petit oratoire et le cadre naturel entourant l'abbaye sont des lieux propices à la prière, dans le silence et la solitude.

Contact :
24410 Échourgnac
Tél. : 05 53 80 82 59 (de préférence entre 9 h 30 et 11 h 30, ou 15 heures et 17 heures)
Fax : 05 53 80 08 36
Courriel : retraitants.echourgnac@wanadoo.fr
Site : http://www.cister-24.org/

À 500 m du monastère, entourée de 2,5 ha de prairies et de 3 ha de bois, la maison Bellevue est essentiellement destinée à l'accueil des groupes de jeunes.

Tél. : 05 53 80 28 02

- **Abbaye des Sept Fons (Allier, Auvergne)**

Au cœur de la Sologne, entre Moulins et Paray-le-Monial. La communauté de moines trappistes accueille pour une semaine de silence dans une antique abbaye cistercienne.

Contact :
03290 Dompierre-sur-Besbre
Tél. : 04 70 48 14 90
Fax : 04 70 48 14 87
Courriel : septfons@septfons.com

- **Abbaye Notre-Dame de Grâce (Manche, Basse-Normandie)**
  À 20 km de Cherbourg. L'abbaye reçoit des retraitants hommes pour une semaine maximum dans le silence et la prière.
  Contact :
  50260 Bricquebec
  Tél. : 02 33 87 56 10
  Fax : 02 33 87 56 13
  Courriel : ocso.bricquebec@wanadoo.fr

- **Abbaye de Cîteaux (Côte-d'Or, Bourgogne)**
  Lieu source de tous les monastères cisterciens. Fondée il y a un siècle entre Dijon et Beaune, la congrégation accueille sur cette terre de prière des hommes et des femmes en quête d'un lieu de recherche spirituelle, de silence, de paix, des gens à un tournant de leur vie qui éprouvent le besoin de vivre cela dans le silence ou, tout simplement, des jeunes en quête du sens à donner à leur vie. Les retraitants motivés (pas de simples touristes) sont reçus dans des bâtiments du XVIIIe siècle, récemment rénovés, pour un court séjour de profond recueillement. Présence souhaitée aux offices et prières, silence imposé aux repas.
  Contact :
  21700 Saint-Nicolas-lès-Cîteaux
  Tél. : 03 80 61 11 53
  Courriel : hotelier@citeaux-abbaye.com
  Site : http://www.citeaux-abbaye.com/

- **Abbaye Notre-Dame de Timadeuc (Morbihan, Bretagne)**
  Dans un océan de verdure, entre Rennes et Vannes, l'abbaye a été fondée en 1847 près de la cité de Rohan, en bordure du canal de Nantes. Sa démarche spirituelle est celle d'une communauté de moines cisterciens dont la vie se définit par la recherche de Dieu dans un lieu de solitude. Accueil spécialisé pour les handicapés.
  Contact :
  56580 Bréhan
  Tél. : 02 97 51 50 29
  Fax : 02 97 51 59 20
  Courriel : timadeuc.abbaye@wanadoo.fr

- **Abbaye Notre-Dame d'Igny (Marne, Champagne-Ardenne)**
  Igny est terre de prière depuis le XIIe siècle. Dans un vallon retiré, au milieu d'une campagne boisée, la communauté offre silence et paix pour une semaine maximum.
  Contact :
  51170 Arcis-Le Ponsart
  Tél. : 03 26 48 08 40

Fax : 03 26 48 19 33
Site : http://catholique-reims.cef.fr/nd-igny.htm/

• **Abbaye de Notre-Dame de Bonneval (Aveyron, Midi-Pyrénées)**
À 30 km de Rodez. Situé dans une vallée étroite de la Boralde, petite rivière qui se jette dans le Lot, le monastère des trappistines accueille celles et ceux qui cherchent à vivre un temps fort dans le cadre d'une vie simple et cachée. Un ermitage, situé à 1,5 km du monastère, peut accueillir des groupes de jeunes. Lieu sauvage et beau.

Contact :
12500 Le Cayrol-Espalion
Tél. : 05 65 44 01 22
Fax : 05 65 44 77 69
Courriel : info@abbaye-bonneval.com
Site : http://www.abbaye-bonneval.com/

• **Abbaye Sainte-Marie de Boulaur (Gers, Midi-Pyrénées)**
À 60 km de Toulouse, dans la campagne. Le monastère domine la vallée de la Gimone et n'ouvre ses portes qu'à la belle saison. Du mois d'avril à la fin du mois de septembre, les sœurs accueillent les particuliers (femmes seules et familles) pour des séjours en pension complète de deux nuits minimum. Le climat est sain et vivifiant.

Contact :
32450 Boulaur
Tél. : 05 62 65 40 07
Fax : 05 62 65 49 37
Site : http://www.boulaur.org/fp/index.htm/

• **Abbaye Sainte-Marie du Désert (Haute-Garonne, Midi-Pyrénées)**
À 30 km de Toulouse. Les moines trappistes accueillent durant l'été des laïcs à la recherche de sites de grande solitude pour une retraite spirituelle. Blottie dans un superbe vallon et isolée du village, l'abbaye est un lieu idéal pour se ressourcer. Hormis le son des cloches des offices, aucun bruit ne vient perturber la méditation des moines et des hôtes. La qualité du silence, que chacun ici s'efforce de préserver (même pendant les repas), favorise un climat d'intériorité et d'intense prière personnelle. L'abbaye peut également accueillir à la maison Notre-Dame, située à 800 m des bâtiments principaux. Elle est destinée à recevoir les groupes de jeunes.

Contact :
31530 Bellegarde-Sainte-Marie
Tél. : 05 62 13 45 45 (entre 10 heures et 11 h 45 ou entre 15 heures et 17 h 30)

Fax : 05 62 13 45 35
Site : http://abbayedudesert.com/

« Je la conduirai au désert et je parlerai à son cœur. »
Osée 2, 16.

• **Abbaye Sainte-Marie du Mont-des-Cats (Nord, Nord-Pas-de-Calais)**

Entre Lille et Dunkerque. L'abbaye a été fondée à la fin du XVIe siècle, au sommet du plus célèbre mont des Flandres, en lieu et place d'un antique ermitage. L'hôtellerie est fermée en janvier.

Contact :
2470, route du Mont-des-Cats
59270 Godewaersvelde
Tél. : 03 28 43 83 63 (entre 9 heures et 11 heures ou entre 15 heures et 17 heures)
Fax : 03 28 43 83 64
Courriel : hotellerie@abbaye-montdescats.com
Site : http://www.abbaye-montdescats.com/

• **Abbaye Notre-Dame du Port du Salut (Mayenne, Pays de la Loire)**

À 9 km de Laval, sur les bords de la Mayenne. Si l'abbaye est célèbre pour son fromage, les moines proposent aussi et surtout des séjours spirituels adaptés à tous ainsi que des formations spirituelles qui consolident la personne dans son ensemble, corps, âme, esprit, tout l'être étant pris en compte. Les repas sont pris en silence.

Contact :
53260 Entrammes
Tél. : 02 43 64 18 64
Fax : 02 43 64 18 63
Courriel : hotellerie@portdusalut.com
Site : http://www.portdusalut.com/

« Il les conduit au port de leur désir. »
Psaume 107, 29.

• **Abbaye Notre-Dame de Lérins (Alpes-Maritimes, PACA)**

L'île Saint-Honorat abrite l'un des monastères les plus anciens d'Occident. Du début du Ve siècle jusqu'à nos jours, cette petite île, en baie de Cannes, est restée un lieu consacré exclusivement à la vie monastique. La communauté cistercienne l'occupe entièrement et y préserve une oasis de tranquillité, un donjon médiéval les pieds dans l'eau et des bâtiments plus récents. Possibilité d'un séjour d'une semaine maximum, bercé par la mer, dans un climat de silence. Fermée en novembre.

Contact :
Monastère de Saint-Honorat
BP 157
06406 Cannes CEDEX
Tél. : 04 92 99 54 00
Fax : 04 92 98 54 21 (hôtellerie)
Courriel : hotellerie@abbayedelerins.com
Site : http://www.abbayedelerins.com/

> *« J'aime et honore entre tous les lieux ma chère Lérins, qui reçoit dans son sein plein de miséricorde ceux qui viennent au sortir des naufrages de ce monde. Elle introduit affectueusement sous ses ombrages tous ceux qu'a dévorés l'ardente chaleur du siècle, pour qu'ils puissent reprendre haleine, en cet abri intime. Elle abonde en eaux vives, en ombrages verdoyants, en fleurs parfumées... elle s'offre à ceux qui l'habitent comme un vrai paradis. Oh qu'elle est agréable, pour ceux qui ont soif de Dieu, cette solitude ! Qu'elles sont douces, à ceux qui cherchent le Christ, ces vastes étendues où tout plonge dans le silence ! Alors l'âme joyeuse monte doucement vers son Dieu. »*
>
> Saint EUCHER, *Éloge du désert*, Ve siècle.

• **Abbaye Notre-Dame de la Paix (Alpes-Maritimes, PACA)**

L'abbaye de la branche féminine de l'abbaye de Lérins, dans un village de l'arrière-pays niçois, bénéficie d'un site exceptionnel entre mer et montagne. Les retraitants partagent à l'hôtellerie l'ambiance de silence et de paix de ce site ombrien, planté de cyprès et d'oliviers.

Contact :
271, route de Saint-Blaise
06670 Castagniers
Tél. : 04 93 08 05 12
Fax : 04 93 08 35 18
Courriel : abbayedecastagniers@wanadoo.fr
Site : http://www.castagniers.net/

• **Abbaye Notre-Dame de Sénanque (Vaucluse, PACA)**

À 30 km d'Avignon, à quelques kilomètres du beau village de Gordes et de la terre ocre de Roussillon. Fondée en 1148 et enserrée dans le creux d'un vallon, au milieu de la lavande, l'abbaye de Sénanque demeure l'un des plus purs témoins de l'architecture cistercienne primitive. Contrairement à celles que l'on appelle ses « sœurs », les abbayes du Thoronet et de Silvacane, elle est toujours habitée par une communauté de moines cisterciens. Ils accueillent, dans le silence, pour une semaine maximum.

Contact :
84220 Gordes
Tél. : 04 90 72 05 72
Fax : 04 90 72 15 70
Courriel : frere.hotelier@senanque.fr
Site : http://www.senanque.fr/

• **Abbaye de Notre-Dame des Neiges (Ardèche, Rhône-Alpes)**
À 50 km de Mende. Sur la route du Tanargue, dans les montagnes ardéchoises, l'abbaye est entourée de grandes forêts et de grandes vallées encaissées. Les trappistes accueillent aussi bien ceux qui veulent mettre leurs pas dans les traces de Robert Louis Stevenson et de Charles de Foucauld – qui y célébra sa première messe – que ceux qui souhaitent venir passer quelques jours seuls, en couple ou en groupe.

Les retraitants sont invités à participer à la vie de prière de la communauté et à vivre le silence propice au recueillement et à la rencontre du Christ. Précaution indispensable : retenir sa place longtemps à l'avance pour ce lieu de contemplation idéal.

Contact :
07590 Saint-Laurent-les-Bains
Tél. : 04 66 46 59 00
Courriel : info@notredamedesneiges.com
Site : http://notredamedesneiges.com/
Consulter également : www.charlesdefoucauld.org

• **Abbaye de Notre-Dame d'Aiguebelle (Drôme, Rhône-Alpes)**
Dans la Drôme provençale, au milieu des champs de lavande, la communauté de Notre-Dame d'Aiguebelle poursuit sa vie monastique en cherchant à vivre du travail de ses mains, à aider les pauvres dans la mesure de ses possibilités, à accueillir ceux et celles qui veulent prendre un temps d'arrêt dans leur vie. Cette recherche se fait dans l'enceinte même du monastère dans une vie personnelle et communautaire de prière.

Contact :
Montjoyer
26230 Grignan
Tél. : 04 75 98 64 72
Fax : 04 75 98 64 71
Courriel : contact@abbaye-aiguebelle.com
Site : http://www.abbaye-aiguebelle.com/

• **Abbaye de Notre-Dame de Chambarand (Isère, Rhône-Alpes)**
À égale distance de Valence et de Grenoble, entre le Rhône et les Alpes, l'abbaye de Chambarand, fondée en 1868, fait face à la chaîne du Vercors, dans un cadre naturel magnifique. Aux

hôtes, la communauté de moniales trappistines désire offrir un espace de paix, de liberté, de silence, de prière, dans le respect de la vocation de chacun, l'écoute fraternelle et l'émerveillement devant cette nature si belle...

Contact :
200, impasse du Monastère
38940 Roybon
Tél. : 04 76 36 22 68
Fax : 04 76 36 28 65
Site : http://www.chambarand.com/

- **Monastère Notre-Dame des Petites Roches (Isère, Rhône-Alpes)**

Entre Grenoble et Chambéry, à 1 000 m d'altitude, dans un site magnifique. Le monastère domine la vallée du Grésivaudan. Derrière lui, le massif de la Chartreuse ; en face de lui, la chaîne de Belledonne ; en contrebas, la vallée de l'Isère. Pour un moment de calme dans un spectaculaire paysage alpin. Le silence souhaité épouse et invite à l'altitude pour quinze jours maximum.

Contact :
38660 Saint-Bernard-du-Touvet
Tél. : 04 76 08 31 13
Fax : 04 76 08 32 17
Courriel : cte.petitesroches@wanadoo.fr
Site : http://www.bernardine.org/touvetf.html/

- **Abbaye Notre-Dame de Tamié (Savoie, Rhône-Alpes)**

Près d'Albertville. À 900 m d'altitude, à flanc de montagne, l'abbaye offre une vue spectaculaire sur la combe de Savoie et le mont Blanc et un sentier botanique pour de belles promenades. La communauté des moines accueille personnes et couples pour une semaine maximum. Elle s'efforce d'offrir un cadre de silence et de recueillement, ainsi qu'une écoute attentive. Tamié est connu notamment par sa liturgie... et réputé pour son fromage. Une maison d'accueil est prévue pour les jeunes. Les personnes handicapées sont accueillies.

Contact :
73200 Plancherine
Tél. : 04 79 31 15 50
Fax : 04 79 37 05 24
Courriel : accueil@abbaye-tamie.com
Site : http://www.abbaye-tamie.com/

Chapitre 2

Dominicains, Franciscains, Clarisses, Carmélites et Carmes

A. Dominicains ou ordre des Prêcheurs

N.B. Pour ceux qui souhaitent se retirer du monde sans trop s'éloigner de la ville et qui n'ont pas peur d'une certaine austérité.

L'ordre des dominicains a été fondé par saint Dominique (1170-1221).

La devise de l'ordre est *Veritas* (la Vérité). Une autre de ses devises, issue des Actes des Apôtres, et reprise par Thomas d'Aquin, est « Annoncer ce que nous avons contemplé ». L'accent est mis sur la Parole de Dieu.

Saint Dominique prêchait le don total de soi au Christ, pour que s'accomplisse le mystère du salut. Lorsqu'il rencontrait quelqu'un, celui-ci avait l'impression d'être attendu. Ses rencontres n'étaient jamais superficielles. Elles se prolongeaient dans la prière pour que tous les hommes entrent dans l'Amitié de Dieu : pour les dominicains, vivre vraiment, c'est trouver sa demeure dans cette Amitié et en être transformé.

Leur vocation étant de prêcher au monde, leurs couvents sont souvent dans de grandes villes.

Pour plus d'informations sur les frères Dominicains de France : http://france.op.org/

- **Monastère Saint-Dominique (Landes, Aquitaine)**

Un lieu de rencontre de femmes et d'hommes en recherche d'un lieu de silence et de paix, d'une réponse à leurs questions et à leurs doutes. Une semaine monastique est proposée une fois par an aux jeunes de moins de 35 ans durant l'été.

Contact :
62, rue Gambetta
40100 Dax

Tél. : 05 58 56 84 60
Fax : 05 58 74 97 25
Courriel : dominicaines.dax@wanadoo.fr
Site : http://catholique-aire-dax.cef.fr/viemonastique/dominicainesdax/accueil.php/

- **Monastère Sainte-Catherine de Sienne (Haute-Loire, Auvergne)**

À 40 km du Puy-en-Velay. Une halte spirituelle d'une durée de deux semaines maximum, au bord de l'Allier, pour « revenir à son cœur ». Possibilité d'échanges spirituels. Fermé en septembre.

Contact :
2, rue du Pont
43300 Langeac
Tél. : 04 71 77 01 50
Fax : 04 71 77 27 61
Courriel : com.moncath@infonet-services.fr
Site : http://langeac.op.org/

- **Notre-Dame de Beaufort (Ille-et-Vilaine, Bretagne)**

Entre Rennes, Saint-Malo, Dol et Dinan. Le monastère est un manoir breton du XVIIe siècle, qui surplombe l'étang de Beaufort, dans un cadre boisé très silencieux. Un lieu où partager ses peines et ses joies, ses questions, ses doutes... L'accueil est ouvert à toute personne, tout groupe qui cherche le silence, la prière et le soutien d'une vie fraternelle. Les hôtes sont accueillis dans une aile d'époque, légèrement remaniée au XIXe siècle.

Contact :
35540 Plerguer
Tél. : 02 99 48 07 57
Courriel : dominicaines.ndbeaufort@wanadoo.fr
Site : http://ndbeaufort.free.fr/

- **Monastère de Sainte-Marie (Aude, Languedoc-Roussillon)**

En pleine terre cathare, Prouilhe est le lieu qui vit naître l'ordre des Dominicaines en 1206. Les retraitants sont logés dans un bâtiment qui leur est entièrement réservé. De nombreux sentiers pédestres permettent des moments de détente physique et la visite de lieux historiques faisant mémoire de saint Dominique.

Contact :
Prouilhe, 11270 Fanjeaux
Tél. : 04 68 11 22 62 (porterie) - 04 68 11 22 66 (accueil)
Fax : 04 68 11 22 60
Courriel : accueil@prouilhe.net
Site : http://www.prouilhe.com/

- **Communauté de la Transfiguration (Hérault, Languedoc-Roussillon)**

Entre la mer et les Cévennes dans un cadre de garrigues, la congrégation des dominicaines des Tourelles accueille ceux qui désirent célébrer ou approfondir leur foi et ceux qui éprouvent le besoin d'un temps de silence et de réflexion pour une durée de un à quinze jours.

La maison est ouverte quasiment toute l'année aux groupes autonomes ou pour une retraite individuelle avec possibilité d'accompagnement.

Contact :
Route de Castries
34270 Saint-Mathieu-de-Tréviers
Tél. : 04 67 55 65 46
Fax : 04 67 55 22 39
Courriel : hotellerie.tourelles@free.fr
Site : http://dom.tourelles.free.fr/sources/communaute.html/

– Cette congrégation accueille également, au **prieuré de l'Emmanuel (Drôme provençale, Rhônes-Alpes)**, un vieux mas au milieu des lavandes :
26230 Grignan
Tél. : 04 75 46 50 37
Fax : 04 75 46 53 49
Courriel : dom_tou@club-internet.fr

- **Maison Lacordaire (Alpes-Maritimes, PACA)**

Sur le site exceptionnel de Vence, jouxtant la chapelle du Rosaire réalisée par Henri Matisse, les dominicaines de la Maison Lacordaire reçoivent des personnes seules, des familles, des groupes, tout au long de l'année. Elles accueillent séminaires, sessions culturelles, haltes spirituelles, retraites, séjours de repos, de vacances... et organisent avec l'aide des religieux, prêtres, laïcs, des sessions spirituelles, culturelles et artistiques. La Maison Lacordaire est composée de deux villas, dans un jardin en terrasses ouvert sur un large horizon, baigné par la lumière de la Méditerranée.

Contact :
466, avenue Henri-Matisse
BP 33
06141 Vence CEDEX
Tél. : 04 93 58 03 26
Fax : 04 93 58 21 10
Courriel : dominicaines@wanadoo.fr
Site : http://perso.orange.fr/maison.lacordaire/

• **Abbaye de Boscodon (Hautes-Alpes, PACA)**

Située dans un très beau cadre de montagne, du lac de Serre-Ponçon et à 1 150 m d'altitude, l'abbaye est un remarquable monument du XIIe siècle. Pour mêler initiation à la symbolique romane et expérience spirituelle dans une abbaye classée monument historique et habitée par une communauté de religieux.

Contact :
05200 Crots
Tél. : 04 92 43 14 45
Fax : 04 92 43 50
Courriel : abbaye.boscodon@wanadoo.fr
Site : http://perso.orange.fr/abbaye.boscodon/index.html/

• **Monastère Notre-Dame de Chalais (Isère, Rhône-Alpes)**

À 15 km de Grenoble, au cœur du massif de la Chartreuse, à 940 m d'altitude. Le monastère, campé à flanc de montagne, offre un cadre propice à la prière, au silence et à la solitude, seul, en couple ou en groupe. Des générations de priants ont vécu en ce lieu exceptionnel depuis le XIIe siècle.

Contact :
BP 128
38343 Voreppe CEDEX
Tél. : 04 76 50 12 52 (entre 9 heures et 11 heures ou 12 h 15 et 13 heures ou 19 heures et 20 heures)
Fax : 04 76 50 22 23
Courriel : monastere.chalais@wanadoo.fr
Site : http://www.chalais.fr/

• **Communauté de la Tourette (Rhône, Rhône-Alpes)**

Sur les monts du Lyonnais, à 25 km de Lyon, ce couvent est un centre original pour les retraitants individuels : construit par Le Corbusier, il accueille de nombreuses rencontres autour des sciences humaines, des religions ou encore centrées autour du débat scientifique ou philosophique. Un climat à la fois de silence et de grande liberté spirituelle, un lieu au service de la rencontre et du partage. Le couvent est grand ouvert à qui veut venir le découvrir, le comprendre, l'habiter. La visite constitue un avant-goût de la découverte du lieu car l'architecture, ici, se vit. L'hospitalité offerte comporte quelques règles (quiétude, horaires, respect du lieu et des espaces réservés), puisque La Tourette est avant tout une maison habitée par des religieux.

Contact :
Couvent Sainte-Marie de la Tourette
BP 0105
69591 L'Arbresle CEDEX

Tél. : 04 74 26 79 70
Fax : 04 74 26 79 99
Site : http://www.couventlatourette.com/

B. Franciscains, Clarisses et Capucins

N.B. Pour expérimenter la pauvreté et la simplicité.

Ordres fondés par saint François d'Assise (v. 1182-1226) et sainte Claire (v. 1193-1253).

Contemplation, simplicité de vie et présence évangélique en tous milieux sociaux (surtout simples et populaires). L'accent est mis sur la joie et sur la pauvreté. Saisis par le Christ, les disciples de François et de Claire ont à cœur de favoriser l'accueil des jeunes et des petits budgets. Les clarisses sont rigoureusement cloîtrées. Pour une invitation à une joyeuse austérité.

Contact :
Site : http://www.franciscains.net/

- **Le Chant des sources (Bas-Rhin, Alsace)**

À 40 km de Strasbourg. À la porte du parc régional des Vosges, dans un magnifique écrin de verdure, les petites sœurs franciscaines accueillent avec simplicité et cordialité tous ceux qui viennent à elles, reconnaissant dans l'hôte de passage un signe, un envoyé du Seigneur.

Contact :
1, rue du Couvent
67440 Thal-Marmoutier
Tél. : 03 88 03 12 03
Fax : 03 88 03 12 08
Courriel : association-st-françois@wanadoo.fr/

- **Monastère des clarisses-capucines (Haut-Rhin, Alsace)**

À 10 km de Colmar. Ce « monastère dans les vignes » est tenu par des sœurs clarisses. Accueil réservé aux femmes.

Contact :
5, rue de l'Oberhof
68240 Sigolsheim
Tél. : 03 89 78 23 24
Fax : 03 89 47 11 26

- **Monastère Sainte-Claire (Marne, Champagne-Ardenne)**

À la sortie de Reims. Le monastère des clarisses étant situé sur une petite colline, la ville se déploie, comme un rappel de l'universalité du salut. De l'autre côté se déroulent les hauteurs de la montagne de Reims comme une louange au Créateur.

Contact :
2, rue Pierre-Bérégovoy
51350 Cormontreuil
Tél. : 03 26 86 95 12
Fax : 03 26 86 95 15
Courriel : clarissecormontreuil@free.fr
Site : http://catholique-reims.cef.fr/clarisses.htm/

- **Monastère Sainte-Claire (Gard, Languedoc-Roussillon)**

Les sœurs clarisses accueillent toute personne, seule ou en groupe, pour des séjours d'un à huit jours le temps d'une retraite. Lieu propice au ressourcement.

Contact :
34, rue de Brunswick
30000 Nîmes
Tél. : 04 66 26 66 76
Fax : 04 66 26 86 35

- **Monastère Sainte-Claire (Pyrénées-Orientales, Languedoc-Roussillon)**

À la périphérie de la ville, dans un couvent datant du IXe siècle.

Contact :
107, avenue du Maréchal-Joffre
66000 Perpignan
Tél. : 04 68 61 29 54
Fax : 04 68 52 74 89
Courriel : steclaire66@wanadoo.fr
Site : http://steclaireperpignan.nuxit.net/

- **Maison d'accueil Saint-Antoine (Corrèze, Limousin)**

À deux pas des grottes de saint Antoine, dans une hôtellerie sise dans un grand parc, le lieu accueille toute personne désireuse d'un lieu de repos ou d'un temps fort de recueillement. Se ressourcer dans le climat de simplicité franciscain.

Contact :
41, avenue Edmond-Michelet
19100 Brive-la-Gaillarde
Tél. : 05 55 24 10 60
Courriel : fratgsa@fratgsa.org

- **Monastère Sainte-Claire (Meurthe-et-Moselle, Lorraine)**

Dans la banlieue de Nancy.

Contact :
24, rue Sainte-Colette,
54500 Vandœuvre-lès-Nancy
Tél. : 03 83 55 42 86
Fax : 03 83 55 22 79

- **Monastère Sainte-Claire (Aveyron, Midi-Pyrénées)**

À côté d'Aurillac, à 800 m d'altitude, une vue imprenable sur le massif du Cantal et l'Aubrac. Pour partager la vie monastique des clarisses et trouver un nouveau souffle spirituel.

Contact :
2, rue de la Berque
12600 Mur-de-Barrez
Tél. : 05 65 66 00 46
Fax : 05 65 66 00 90
Courriel : steclaire.mur@wanadoo.fr

- **Monastère Sainte-Claire (Isère, Rhône-Alpes)**

Au milieu d'une forêt de 1 400 ha, au pied des massifs de la Chartreuse et du Vercors.

Contact :
Monastère des Clarisses
94, chemin Sainte-Claire
38340 Voreppe
Tél. : 04 76 50 26 03
Fax : 04 76 50 03 44
Courriel : clarisses.voreppe.ab@wanadoo.fr

- **Monastère Sainte-Claire (Alpes Maritime-PACA)**

Pour femmes. Environnement de silence sur les hauteurs de Nice.

Contact :
30, avenue Sainte-Colette
06100 Nice
Tél. : 04 93 81 04 72
Fax : 04 93 81 34 88

C. Carmes et Carmélites

Ordre réformé par sainte Thérèse d'Ávila (1515-1582) et saint Jean de la Croix (1542-1591)

N.B. Pour ceux qui n'ont pas peur du tête-à-tête avec eux-mêmes. Bavards incorrigibles ou anxieux face au silence s'abstenir.

C'est un ordre contemplatif, à l'école de la Vierge Marie : il s'agit de se désencombrer pour se laisser envahir par Dieu. La vie au Carmel est une vie religieuse en communauté, vécue dans un climat de solitude et de désert. De ce fait, tous les foyers n'accueillent pas.

Les hôtes sont invités à entrer dans le silence du Carmel : « *Aimez le silence, l'oraison, car c'est l'essence de la vie du Carmel* »

(Élisabeth de la Trinité). Tout est vécu en silence, même les repas, sauf quand l'hôtellerie est à part.

Pour plus d'information sur les carmes :
– Ordre des Carmes déchaux : http://www.ocd.pcn.net/index_fr.htm/
– Ordre des Carmes : http://www.ocarm.org/

Pour une liste plus exhaustive des lieux :
Courriel : carmes.paris@carmel.asso.fr
Site : http://www.carmel.asso.fr/

• **Monastère du Broussey (Gironde, Aquitaine)**
Sur la rive droite de la Garonne, dans un petit hameau à l'écart, avec une vue superbe sur les Landes. Les retraites individuelles sont vécues comme un temps de désert, avec la possibilité d'un accompagnement individuel. Le séjour se déroule dans le silence y compris les repas.

Contact :
33410 Rions
Tél. : 05 56 62 60 90
Fax : 05 56 62 60 79
Courriel : accueil.broussey@carmel.asso.fr
Site : www.carmel.asso.fr/

• **Couvent des Carmes (Seine-et-Marne, Île de France)**
C'est le couvent où s'est vécu le drame d'*Au revoir les enfants* de Louis Malle. Outre des retraites prêchées de deux à huit jours, la communauté accueille des retraitants individuels dans un environnement propice à l'intériorité. Avec son jardin, le cadre paisible et accueillant du couvent invite au silence et à l'intériorité. À deux pas de la forêt de Fontainebleau.

Contact :
1, rue du Père-Jacques
77215 Avon CEDEX
Tél. : 01 60 72 28 03 (communauté)
Tél. : 01 60 72 28 45 (centre spirituel)
Fax : 01 64 23 48 39
Courriel : centre.spirituel.carmes.avon@wanadoo.fr
Site : http://www.centrespirituel-avon.org/

• **Couvent des Carmes (Hérault, Languedoc-Roussillon)**
Toute l'année et en individuel, le couvent accueille toute personne qui cherche à vivre un moment d'intimité avec le Seigneur dans le silence. Les frères carmes – qui ont une sensibilité spirituelle contemplative – proposent une retraite silencieuse et person-

nelle. Toutefois le retraitant est invité à participer à la vie d'oraison et liturgique de la communauté. Durée des séjours : six jours.

Contact :
10 *bis*, rue Moquin-Tandon
34000 Montpellier
Tél. : 04 99 23 24 90
Fax : 04 99 23 24 99
Courriel : montpellier.ocd@carmel.asso.fr

- **Abbaye de Gellone (Hérault, Languedoc-Roussillon)**

Situé dans l'enceinte de l'abbaye de Gellone (XIIe siècle), l'établissement est tenu par les sœurs du carmel Saint-Joseph. Ouvert toute l'année, il peut accueillir des familles, des groupes ou des individuels en retraite, récollection ou ressourcement. Un accompagnement spirituel à la sensibilité carmélitaine peut être effectué par une sœur. Le principe : méditer la Parole et veiller dans la prière, mais aussi, écouter Dieu pour le dire ; et le dire pour l'écouter encore.

Contact :
2, Grand-Chemin-de-Gellone
34150 Saint-Guilhem-le-Désert
Tél. : 04 67 57 75 80
Fax : 04 67 57 33 56
Courriel : accueilcsj@wanadoo.fr

- **La Margelle (Hérault, Languedoc-Roussillon)**

Communauté apostolique et internationale, les religieuses du Sacré-Cœur-de-Marie ont leur maison mère à La Margelle. L'accueil et l'accompagnement des retraitants se font selon une spiritualité marquée par l'École du cardinal Pierre de Bérulle. C'est lui qui a introduit en France le Carmel et a fondé la congrégation séculière de l'Oratoire. L'établissement est ouvert toute l'année pour répondre aux demandes de retraite ou de récollection. À cet effet, il dispose d'une diversité d'espaces pour agrémenter un séjour.

Contact :
21, rue Ermengaud
34500 Béziers
Tél. : 04 67 28 43 10
Fax : 04 67 09 28 60
Courriel : bern.mc.namara@wanadoo.fr

- **Centre spirituel Mont-Thabor (Pyrénées-Orientales, Languedoc-Roussillon)**

Entre mer et montagne, à deux pas de l'Espagne et au cœur d'un grand parc favorisant le calme et le silence. La communauté des carmélites missionnaires accueille toute personne laïque et religieuse pour la réflexion et la prière.

Contact :
Château du Parc Ducup
Allée des Chênes BP 224
66002 Perpignan
Tél. : 04 68 68 32 40
Fax : 04 68 85 44 85

- **Couvent des Carmes (Haute-Garonne, Midi-Pyrénées)**

Dans un vaste couvent du XIXe siècle.

Contact :
33, avenue Jean-Rieux
31500 Toulouse
Tél. : 05 62 47 33 70
Fax : 05 62 47 33 71
Courriel : carmes.toulouse@carmel.asso.fr

- **Couvent des Carmes (Nord, Nord-Pas-de-Calais)**

Contact :
99, rue des Stations
59800 Lille
Tél. : 03 20 57 39 49
Fax : 03 20 13 76 87
Courriel : carmes.lille@carmel.asso.fr
Site : http://www.carmel.asso.fr/Couvent-de-Lille.html/

- **Centre spirituel de La Pommeraye (Maine-et-Loire, Pays de la Loire)**

À 30 km d'Angers, dans un cadre de verdure. Le centre est animé par une communauté de sœurs de la Providence et ouvert à toute personne cherchant un lieu de silence.

Contact :
40, rue de la Loire
49620 La Pommeraye
Tél : 02 41 22 35 36
Fax : 02 41 22 35 49

- **Carmel de Notre-Dame (Bouches-du-Rhône, PACA)**

Les bâtiments sont de style méditerranéen moderne, notamment la chapelle en forme de coquille Saint-Jacques, ornée d'un beau vitrail non figuratif. Uniquement pour des retraites dans le silence et le recueillement.

Contact :
81, chemin de l'Oule
13012 Marseille

Tél. : 04 91 93 59 10
Fax : 04 91 87 35 87
Courriel : carmel-notre-dame@wanadoo.fr

- **Couvent des Carmes Saint-Désert Notre-Dame de Pitié (Var, PACA)**

  Contact :
  83520 Roquebrune-sur-Argens
  Tél. : 04 94 45 18 18
  Courriel : carmes.st.desert@carmel.asso.fr

- **Centre Notre-Dame de Vie (Vaucluse, PACA)**

Le centre spirituel Notre-Dame de Vie (institut séculier du Carmel qui a un rayonnement très important) propose des temps de ressourcement. L'enseignement donné s'enracine dans la spiritualité des saints du Carmel. Pour ceux qui souhaitent prendre des temps seul à seul avec Dieu et découvrir des paysages et des sites magnifiques. Site : http://ndvj.free.fr/

Contact :
– 84210 Venasque (Vaucluse, PACA)
Tél. : 04 90 66 67 90
Fax : 04 90 66 11 36
Courriel : notredamedevie@wanadoo.fr

– **Abbaye Sainte-Berthe (Pas-de-Calais, Nord-Pas-de-Calais)**
62770 Blangy-sur-Ternoise
Tél. : 03 21 04 12 30
Fax : 03 21 47 14 28

– **L'Ermitage (Lot-et-Garonne, Aquitaine)**
304, avenue Joseph-Amouroux
47000 Agen
Tél. : 05 53 66 08 71

– **Le Pignolet (Puy-de-Dôme, Auvergne)**
La Baraque
63870 Orcines
Tél. : 04 73 62 10 22

- **Carmel Notre-Dame de la Paix (Saône-et-Loire, Bourgogne)**

Au cœur de la Bourgogne romane, à deux pas de Cluny. Dans un lieu superbe, une liturgie hors du commun, les hôtes sont accueillis dans de petits pavillons et ermitages. Silence à respecter.

Contact :
BP 10
71250 Cluny
Tél. : 03 85 50 81 43

Chapitre 3

Jésuites

Ordre de la Compagnie de Jésus, fondé par saint Ignace de Loyola (1491-1556).

Leur devise est : *Ad majorem Dei gloriam,* Pour la plus grande gloire de Dieu. Ils ont un ministère de prédication et de réforme spirituelle. Des centres offrent une possibilité de ressourcement pour des retraites personnelles et organisent des week-ends « désert » où chacun peut faire une halte dans le silence et l'aide fraternelle. La plupart proposent d'expérimenter les *Exercices spirituels* de saint Ignace, une relecture guidée de sa vie à la lumière de la parole du Christ.

Les Communautés Vie chrétienne (CVX) sont des groupes de laïcs qui vivent de la spiritualité ignatienne. Ils cherchent Dieu dans l'action et servent les hommes quelle que soit leur condition. http://www.cvxfrance.com/

« Venez à l'écart, et reposez-vous un peu. »

Marc 6, 31

N.B. Idéal pour y faire de belles découvertes sur soi et pour progresser en discernement. Aussi bien dans une période de doutes que pour confirmer ses choix. Alternance de moments d'échanges et de recueillement.

- **Centre Notre-Dame de Temniac (Dordogne, Aquitaine)**

Ce centre au cœur du Périgord offre un espace spirituel à toute personne en quête de racines et d'unité intérieure, d'une parole sur Dieu et sur l'Homme. Pour prendre en compte les différentes quêtes contemporaines, le centre est également un lieu d'études des différentes traditions spirituelles et d'expériences du dialogue interreligieux : on y apprend à se connaître, à respecter l'autre, à chercher ensemble et entrer en dialogue.

Contact :
24200 Sarlat
Tél. : 05 53 59 44 96
Fax : 05 53 59 41 12
Courriel : cnd.temniac@wanadoo.fr
Site : http://www.temniac.info/

• **Penboc'h (Morbihan, Bretagne)**

À 8 km de Vannes. Un centre spirituel jésuite dans un site exceptionnel au bord du golfe du Morbihan. Il accueille ses hôtes en quête de recueillement, le temps d'un week-end, de quelques jours, d'une semaine.

Contact :
20, chemin de Penboc'h
56610 Arradon
Tél. : 02 97 44 00 19
Fax : 02 97 44 08 81
Courriel : c.s.penboch@wanadoo.fr
Site : http://perso.orange.fr/penboch/

• **Centre spirituel Manrèse (Hauts-de-Seine, Île de France)**

Dans un espace de liberté, de silence et de paix, Manrèse propose, à votre rythme et selon vos aspirations, une expérience de prière et de réflexion selon la tradition d'Ignace de Loyola. Le jardin donne directement sur la forêt de Meudon.

Contact :
92140 Clamart
Tél. : 01 45 29 99 25
Fax : 01 46 45 03 13
Courriel : sj.manrese@wanadoo.fr
Site : http://www.jesuites.com/communautes/clamart.htm/

• **Espace Manrèse (Hérault, Languedoc-Roussillon)**

La communauté des Pères jésuites gère l'espace Manrèse, ouvert toute l'année. Pour une retraite spirituelle individuelle de plusieurs jours, mais aussi pour un temps de récollection. Suivant la spiritualité d'Ignace de Loyola, la communauté offre un accompagnement personnel à la demande du retraitant.

La retraite dans la vie courante est une « singularité » de l'espace Manrèse. En effet, tout en restant chez soi, il est possible de vivre une retraite selon des exercices de saint Ignace.

Contact :
34000 Montpellier
Tél. : 04 67 04 38 60
Fax : 04 67 04 38 76

• **Centre spirituel du Hautmont (Nord, Nord-Pas-de-Calais)**
Situé au cœur de la métropole lilloise, dans un domaine de 7 ha propice au ressourcement, à la prière et au recueillement, le centre, animé par une communauté de laïcs sous la responsabilité de la Communauté CVX, accueille des groupes et des personnes seules pour des retraites s'inspirant de la pédagogie et de la spiritualité de saint Ignace. Le centre accueille également les personnes seules désirant se recueillir, prendre du recul, discerner en vue d'une décision, faire une halte ou une retraite en bénéficiant d'un accompagnement.

Contact :
31, rue Mirabeau
BP 10019
59420 Mouvaux
Tél. : 03 20 26 09 61
Fax : 03 20 11 26 59
Courriel : hautmont@nordnet.fr
Site : http://www.hautmont.asso.fr/

• **Communauté du Cénacle (Nord, Nord-Pas-de-Calais)**
Les sœurs de la congrégation du Cénacle proposent, outre des retraites organisées tout au long de l'année, des séjours individuels avec, pour ceux qui le souhaitent, un accompagnement personnel dans la dynamique des exercices de saint Ignace de Loyola. La maison, ouverte à toutes les spiritualités, a élu refuge dans un parc de 5 ha à proximité d'une forêt domaniale.

Contact :
– Nord, Nord-Pas de Calais
114, rue Léopold-Dusart
BP 17
59590 Raismes
Tél. : 03 27 36 92 00
Fax : 03 27 25 40 37

– **Communauté du Cénacle (Ardèche, Rhône-Alpes)**
14, rue de la Fontaine
07520 La Louvesc
Tél. : 04 75 67 83 01
Fax : 04 75 67 83 14
Courriel : cenacle.lalouvesc@wanadoo.fr
Site : http://ndcenacle.free.fr/

• **Centre La Baume-lès-Aix (Bouches-du-Rhône, PACA)**
Dans un splendide parc de 12 ha, le centre propose les exercices spirituels de saint Ignace avec accompagnement personnel mais aussi deux ermitages pour ceux qui souhaitent effectuer

une retraite individuelle. La communauté organise également des week-ends « désert ».

Contact :
Chemin-de-la-Blaque
13090 Aix-en-Provence
Tél. : 04 42 16 10 30
Fax : 04 42 26 88 67
Courriel : la.baume@wanadoo.fr
Site : www.labaumeaix.com/

• **Saint-Hughes de Biviers (Isère, Rhône-Alpes)**

Le centre Saint-Hugues est un centre spirituel ignatien CVX qui propose de multiples retraites, haltes spirituelles, week-ends pour couples, familles ou équipes, séjours solitaires. On y trouve la convivialité d'un accueil familial. À 500 m d'altitude, dans un parc de 12 ha, le centre Saint-Hugues est merveilleusement situé, sous la falaise du Saint-Eynard et face à la chaîne de Belledonne.

Contact :
Chemin de Billerey
38330 Biviers
Tél. : 04 76 90 35 97
Site : http://www.st-hugues-de-biviers.org/

• **Le Châtelard (Rhône, Rhône-Alpes)**

Situé à 10 km de Lyon, dans un parc de 40 ha. Retraites individuelles et collectives, exercices et chemins spirituels, de contenus et de durées variables, adaptés à des demandes individuelles ou collectives.

Contact :
Route du Bruissin
69340 Francheville
Tél. : 04 72 16 22 33
Fax : 04 72 16 22 22
Courriel : sj.chatelard@wanadoo.fr
Site : www.chatelard-sj.org/

Chapitre 4

Pour les aspirants à l'ultra solitude

N.B. Un moment hors du monde inoubliable pour ceux qui se sentent capables de plonger dans l'aridité (et la fécondité) d'une grande solitude. Déconseillé dans les périodes de déprime !

A. Chartreux

Les chartreux sont les disciples de saint Bruno, patriarche des solitaires d'Occident. Ce sont des ermites dont la vie est consacrée à la « connaissance savoureuse » de Dieu. Ils ont fait le choix d'une spiritualité d'exception, où l'on quitte tout pour acheter sa liberté de ne penser qu'à Dieu. Ils ont enfoui leur vie dans le silence et dans la solitude qui devient plénitude... Ils ont néanmoins conservé une part de vie commune.

Du fait de leur choix de vie solitaire, à une exception près que vous trouverez dans ce guide, ils ne reçoivent pas de retraitants (hormis les candidats éventuels à la vie cartusienne). Les moniales de Bethléem de l'Assomption de la Vierge et de Saint-Bruno vivent également de la spiritualité de saint Bruno. Pour ceux que l'austérité, le silence et la solitude n'effraient pas.

Pour plus d'informations sur les chartreux : http://www.chartreux.org/

• **Maison Saint-Bruno (Ain, Rhône-Alpes)**

La chartreuse de Sélignac, encore appelée du Val-Saint-Martin, fut fondée en 1202, au milieu d'une forêt de 180 ha propice à la méditation. En 2001, les derniers moines quittèrent la maison. Cependant, l'ordre, désirant conserver cette chartreuse afin d'y voir se poursuivre une présence contemplative dans le silence et la solitude, a confié les lieux à quelques laïcs, eux-mêmes désireux de s'approcher de la vie et de la spiritualité de saint Bruno.

Cette communauté reçoit hommes et femmes désireux de vivre une retraite dans une cellule de chartreux (cinq jours minimum).

L'ensemble du rythme de la vie de cette maison se rapproche autant que possible de celui de la vie en Chartreuse. S'adresse à celles et ceux qui ont envie d'aller au fond d'eux-mêmes. Respect absolu du silence.

La visite, journalière au début, d'un permanent de la maison permet un échange sur l'insertion dans la maison et dans le rythme de vie ainsi que sur les réactions par rapport à la solitude. En outre, un accompagnement spirituel est proposé selon votre propre rythme, votre désir et vos besoins, par un membre de la maison formé pour cela.

Contact :
Chartreuse de Sélignac
01250 Simandre-sur-Suran
Tél. / Fax : 04 74 51 79 20
Courriel : chartreusedeselignac@selignac.org
Site : http://www.selignac.org/

B. Frères et Sœurs de Bethléem

Dans des lieux souvent confidentiels, ces communautés contemplatives vivent en solitude d'amour comme leur père spirituel, saint Bruno. Hors de la clôture, ils offrent la possibilité à des retraitants de se retirer quelques jours dans un ermitage individuel et, dans le silence, de vivre une retraite en solitude (y compris les repas), tout en participant à la liturgie de la communauté.

- **Notre-Dame de la Croix Vivifiante (Côtes-d'Armor, Bretagne)**

Fondée en 1137, en pleine forêt de Penthièvre. Les trente moniales de Bethléem de l'abbaye de Boquen vivent seules et retirées du monde extérieur. Elles reçoivent, dans une maison d'hospitalité à l'extérieur de la clôture, pour un séjour dans le silence et la solitude.

Contact :
22640 Plénée-Jugon
Tél. : 02 96 30 22 36
Fax : 02 96 30 20 58

- **Monastère Notre-Dame de Bethléem (Seine-et-Marne, Île de France)**

Cachées au cœur d'une vaste forêt, comme dans le massif de la Chartreuse, les petites sœurs de Bethléem offrent des ermitages de solitude. En dehors des offices et de la messe, les lieux sont baignés de silence. Une expérience inoubliable.

Contact :
Route de Poligny
77140 Nemours
Tél. : 01 64 28 13 75

• **Ermites de Saint-Bruno (Tarn-et-Garonne, Midi-Pyrénées)**

Depuis 1976, les ermites de Saint-Bruno vivent dans la solitude de leur ermitage. Dix ermitages sont dispersés dans un bois du Rouergue, autour d'une petite construction de deux pièces pour la prière commune et les rencontres fraternelles. Ils ne reçoivent que les candidats à la vie d'ermite.

Contact :
82160 Parisot
Tél. : 05 63 24 04 53
Site : http://www.megaphone.org/ermites-saintbruno/

• **Monastère de Bethléem (Isère, Rhône-Alpes)**

Dans la solitude du massif de la Chartreuse, dans la « maison haute », les moines demeurent cachés en Christ loin des regards. Ils accueillent néanmoins dans la « maison basse », en dehors de la clôture, ceux qui frappent à leur porte : pour ceux qui souhaitent partager quelques jours un temps de silence plus radical, ils proposent des ermitages de solitude.

Contact :
Currière-en-Chartreuse
38380 Saint-Laurent-du-Pont
Tél. : 04 76 55 40 55
Fax : 04 76 55 29 50

C. Prémontrés

Les chanoines réguliers de Prémontré suivent la règle de vie de saint Augustin, réanimée en 1120 à Prémontré (Aisne) par saint Norbert. Ils se consacrent à la prière et à l'évangélisation.

• **Abbaye Saint-Martin de Mondaye (Calvados, Basse-Normandie)**

Dans de remarquables bâtiments conventuels du XIIIe siècle, reconstruits au XVIIIe siècle, les chanoines se consacrent à la prière et au service de l'Église. Dans un magnifique cadre de verdure de la campagne normande, dans le calme et le silence, l'abbaye accueille volontiers des hôtes, hors clôture, pour des retraites, des sessions ou de simples séjours de repos. Respect du silence demandé.

Contact :
14250 Juaye-Mondaye
Tél. : 02 31 92 58 11
Fax : 02 31 92 08 05
Courriel : hotelier@mondaye.com
Site : http://www.mondaye.com/

• **Abbaye Saint-Michel de Frigolet (Bouches-du-Rhône, PACA)**

À 17 km d'Avignon. Au cœur de la Montagnette, ce monastère doit son nom aux innombrables touffes de thym dont sont parsemées les collines. Les frères se consacrent plus particulièrement à l'accueil des visiteurs, des hôtes de passage, des jeunes et des retraitants, de tous ceux qui recherchent le silence, le repos, la prière ou l'étude. Un lieu est même prévu, à l'évêché, pour les personnes désirant faire une retraite en couple.

Contact :
Hôtellerie Monastique
13150 Tarascon
Tél. : 04 90 95 70 07
Fax : 04 90 90 79 23
Courriel : abbaye@frigolet.com
Site : www.frigolet.com/

Chapitre 5

Autres communautés catholiques

A. Foyers de charité

Les foyers de charité sont nés d'une initiative de Marthe Robin. Ce sont des communautés de baptisés, hommes et femmes, qui mettent en commun leurs biens matériels, intellectuels et spirituels, vivent dans le même esprit leur engagement, pour réaliser, avec Marie comme Mère, la Famille de Dieu sur la terre. Sous la conduite d'un prêtre, père du Foyer, dans un incessant effort de charité entre eux, ils portent au monde, par leur vie de prière et de travail, un témoignage de Lumière, de Charité et d'Amour selon le message du Christ.

Les foyers de charité proposent de suivre une « retraite fondamentale » de cinq jours. Ces retraites vécues dans le silence sont ouvertes à tous (toutes origines, situations et vocations, baptisés ou non). Elles s'adressent à tous ceux qui éprouvent le besoin de progresser dans leur vie de foi.

Site : www.foyer-de-charite.com/

• **Notre-Dame de Lacépède (Lot-et-Garonne, Aquitaine)**

À 6 km d'Agen sur les collines dominant la vallée de la Garonne.

Contact :
47450 Colayrac-Saint-Cirq
Tél. : 05 53 66 86 05
Courriel : fch.n.d.-lacepede@voila.fr
Site : http://lacepede.foyer.fr/

• **Foyer de charité de Sufferchoix (Bouches-du-Rhône, PACA)**

Situé en pleine campagne provençale, à 25 km d'Aix-en-Provence, le centre est construit sur une colline d'où la vue s'étend sur les chaînes du Luberon, de Sainte-Victoire, de la Sainte-Baume et de l'Étoile. Autour de la maison, une vaste étendue de pinèdes et de garrigues offre de nombreux sentiers pour la promenade ou la détente, dans un calme absolu.

Contact :
- BP 63
13410 Lambesc
Tél. : 04 42 57 14 86
Fax. 04 42 57 10 70
Site : http://sufferchoix.foyer.fr/

- BP 11 (**Drôme, Rhône-Alpes**)
85, rue Geoffroy-de-Moirans
26330 Châteauneuf-de-Galaure
Tél. : 04 75 68 79 00
Courriel : foyer.de.charite@fdc-chateauneuf.com

- **La Flatière (Haute-Savoie, Rhône-Alpes)**

Un centre catholique de ressourcement spirituel et humain en face du mont Blanc, à 1 400 m d'altitude dans la vallée de Chamonix. La montagne favorise, par temps clair, la contemplation et la réflexion. Dans ce cadre de silence et de beauté, sont accueillies, pour des retraites spirituelles d'une semaine, des personnes adultes de tous âges, de toute condition sociale et intellectuelle, croyantes ou non, mais habitées par un désir de discerner les choix importants de leur vie et par une aspiration d'approfondissement de leur foi en Dieu.

Contact :
943, route de la Flatière
74310 Les Houches
Tél. : 04 50 55 50 13
Courriel : retraite.flatiere@wanadoo.fr
Site : http://flatiere.asso.fr/

B. Fraternité monastique de Jérusalem

De fondation récente (1975), cette communauté entend vivre l'expérience monastique au cœur même des grandes villes. La vie de ses membres s'inscrit dans un cadre de silence et de prière, ordonné à la recherche du seul nécessaire : Dieu. En cela elle est monastique. Leur charisme est de porter la ville dans leur prière et leur prière dans la ville... Aucune clôture murale ne les isole donc.

La communauté de Vézelay peut offrir un hébergement pour quelques jours. Elle propose de plus, au cours de l'année, des semaines plus encadrées (« semaines monastiques » ou « semaines de prières ») qui permettent de partager un temps leur vie. Des retraites sont également possibles au **Mont-Saint-Michel (Manche, Basse-Normandie).**

Site : http://jerusalem.cef.fr/

• **Maison Saint-Jean-Baptiste (Bas-Rhin, Alsace)**
Contact :
13, quai Saint-Jean
67000 Strasbourg

C. Communautés nouvelles

– Communauté de Saint-Jean

La congrégation Saint-Jean est une communauté religieuse créée dans les années 1970 par un dominicain, le Père Marie-Dominique Philippe. Les frères de Saint-Jean veulent mettre au centre de leur vie la recherche de vérité dans un travail philosophique et théologique. Ils ont également une vie d'adoration et de contemplation. Pour aller plus loin : http://www.stjean.com/

• **Prieuré Saint-Pierre et Saint-Paul (Allier, Auvergne)**

L'église Saint-Pierre et Saint-Paul de Souvigny a été fondée en 915 par les abbés de Cluny. La maison Sainte-Odilon, rattachée depuis peu au prieuré, reçoit pour des haltes spirituelles. Les repas sont pris en silence avec les frères.

Contact :
Place Aristide-Briand
03210 Souvigny
Tél. : 04 70 43 60 51
Fax : 04 70 43 64 80

• **Notre-Dame de Rimont (Saône-et-Loire, Bourgogne)**

Le prieuré de Notre-Dame de Rimont est la maison mère de la congrégation des frères de Saint-Jean. Un accueil individuel ou en groupe est proposé, avec possibilité d'un accompagnement spirituel. Ainsi que des activités : retraites, sessions de formation (philosophique, théologique), des week-ends (spirituels, pour fiancés, de préparation au mariage).

Contact :
71390 Fley-Rimont
Tél. : 03 85 98 18 98
Fax : 03 85 98 11 54
Courriel : rimont@stjean.com

• **Couvent Saint-Dominique de Corbara (Corse-du-Sud)**

Les frères accueillent des personnes et des groupes. Venir ici, c'est être accueilli au cœur de leur vie, à leur table comme dans leur chapelle. Les retraites sont vécues dans un climat de silence, sous forme de week-end ou de quelques jours. Pour faire l'expérience d'une vie en communauté, où se croisent le silence et la prière du cloître, la réflexion personnelle, et la beauté d'un cadre naturel magnifique où Dieu là aussi est bien présent.

Contact :
20220 L'Île-Rousse
Tél. : 04 95 60 06 73
Fax : 04 95 60 09 08
Courriel : hotellerie.de.corbara@wanadoo.fr
Site : http://www.couvent-de-corbara.com/

- **Notre-Dame de Cana (Oise, Picardie)**

À côté de Beauvais. Les retraites sont vécues en silence, tout au long de la semaine ou le week-end. Des allées serpentent autour d'un parc de 8 ha, offrant la possibilité de s'isoler, de se promener, de se recueillir.

Contact :
3, rue du Château
60390 Troussures
Tél. : 03 44 47 86 05
Fax : 03 44 47 54 17
Courriel : stjean.troussures@wanadoo.fr
Site : http://www.troussures.stjean.com/

– **Communauté des Béatitudes**

Elle propose retraites ou accompagnement psycho-spirituel.
Site : www.beatitudes.org/

- **Communauté des Béatitudes de Marthe et Marie de Béthanie (Loir-et-Cher, Centre)**

Contact :
Domaine de Burtin
41600 Nouan-le-Fuzelier
Tél. : 02 54 88 77 33
Courriel : nouan@beatitudes.org
Site : http://www.beatitudes-nouan.org/

- **Abbaye de Saint-Martin du Canigou (Pyrénées-Orientales, Languedoc-Roussillon)**

Dans ce site touristique d'art roman, à 1 050 m d'altitude, accessible par une marche de quarante-cinq minutes, la communauté des Béatitudes accueille toute l'année les hôtes de passage, dans le partage de la vie communautaire fraternelle.

Contact :
66820 Casteil
Tél. : 04 68 05 50 03
Courriel : stmartin@beatitudes.org

• **Couvent Notre-Dame (Tarn, Midi-Pyrénées)**

La communauté des Béatitudes est implantée à Cordes depuis 1975 dans un ancien couvent de capucins. Elle propose des temps de ressourcement spirituel dans le partage de la vie fraternelle et liturgique. Il est également possible de passer quelques jours de retraite individuelle en partageant la vie de la communauté.

La communauté propose notamment la « retraite Lazare », une semaine pour se laisser rejoindre par la consolation de Dieu et sa miséricorde, par la pratique des sacrements, l'écoute de la Parole de Dieu, la prière personnelle et l'accompagnement individuel.

« Tu arraches ma vie à la mort. »
Psaume 55, 14.

Contact :
15, rue de la Peyrade
81170 Cordes-sur-Ciel
Tél. : 05 63 53 74 10
Fax : 05 63 53 74 13
Courriel : cordes@beatitudes.org
Site : http://www.cordes.beatitudes.org/

• **Château Saint-Luc (Tarn, Midi-Pyrénées)**

Près de Castres, pour les personnes qui passent un cap difficile. Ce centre d'accueil psycho-spirituel de la communauté des Béatitudes est dédié à la « guérison intérieure » et propose des retraites « Nicodème » d'une semaine.

Contact :
81570 Cuq-lès-Vielmur
Tél. : 05 63 74 32 82
Fax : 05 63 74 32 08
Courriel : stluc@beatitudes.org
Site : http://stluc.beatitudes.org/

– **Communauté du Pain de Vie**

C'est une association de fidèles catholiques qui se compose de familles et de célibataires consacrés. Ses membres se rassemblent pour la prière, l'adoration, l'accueil des pauvres et le service des enfants.

Site : www.paindevie.net/

« De la poussière, il relève le faible. »
Psaume 112, 7.

• **Maison du Pain de Vie (Nord, Nord-Pas-de-Calais)**
Contact :
31, rue du 18-juin-1940
59230 Saint-Amand-les-Eaux
Tél. : 03 27 48 76 18
Courriel : sr.claire.pdv@freesbe.fr

– **Communauté Le Verbe de Vie**

La communauté regroupe en son sein des membres appartenant à différents états de vie – célibataires, couples, familles, consacré(e)s, clercs –, appelés à vivre une même spiritualité dans une fraternité à la fois simple et profonde. Tout au long de l'année, elle propose des retraites (en silence), des récollections, des sessions, etc.

Site : http://www.leverbedevie.net/

• **Abbaye Notre-Dame de Vive Fontaine (Marne, Champagne-Ardenne)**
Contact :
51270 Andecy
Tél. : 03 26 52 80 30
Fax : 03 26 52 36 77
Courriel : andecy@leverbedevie.net

• **Abbaye Saint-Étienne (Corrèze, Limousin)**
Contact :
19190 Aubazine
Tél. : 05 55 84 61 12
Fax : 05 55 84 60 08
Courriel : aubazine@leverbedevie.net

– **Communauté du Chemin Neuf**

La communauté, de spiritualité ignatienne, organise des Cycles Siloë, un cheminement de guérison intérieure en trois étapes pour des personnes vivant des difficultés de santé physique, psychique, spirituelle. Un accompagnement solide.

Contact :
Maison forte de Montagnieu
38460 Soleymieu
Tél. : 04 74 92 81 97
Fax : 04 74 92 90 72
Courriel : montagnieuchemin-neuf.org
Site : http://chemin-neuf.org/

• **Abbaye de Sablonceaux (Charente-Maritime, Poitou-Charentes)**
Entre Royan, Saintes et Rochefort, dans la campagne et au bord des marais.

Contact :
17600 Sablonceaux
Tél. : 05 46 94 41 62
Courriel : sablonceaux@chemin-neuf.org

• **Abbaye Notre-Dame des Dombes (Ain, Rhône-Alpes)**

Contact :
01330 Le Plantay
Tél. : 04 74 98 14 40
Fax : 04 74 98 16 70
Courriel : nddombes@chemin-neuf.org

• **Abbaye de Hautecombe (Savoie, Rhône-Alpes)**
Superbement accrochée au bord du lac du Bourget, face à Aix-les-Bains. L'abbaye de Hautecombe fut fondée dans la première moitié du XIIe siècle par les moines de Cîteaux. Ainsi se sont succédé des moines cisterciens puis bénédictins, conférant à ce lieu, malgré toutes les vicissitudes de l'histoire, un grand rayonnement spirituel. Aujourd'hui, la communauté du Chemin Neuf accueille volontiers des retraitants, en été seulement.

Contact :
73310 Saint-Pierre-de-Curtille
Tél. : 04 79 54 58 80
Fax : 04 79 54 29 94
Courriel : ccn.hautecombe@wanadoo.fr
Site : http:// http://www.chemin-neuf.org/hautecombe/

• **Maison Cana (Rhône, Rhône-Alpes)**
Cette association de la communauté du Chemin Neuf organise depuis 1980 des sessions d'accompagnement des couples sur le thème : « Prenez du temps pour votre couple. » De nombreuses adresses en France.

Contact :
Maison Cana
Les Pothières - 1230, chemin de la Fontaine
69480 Anse
Tél. : 04 74 67 28 06 (sauf mardi)
Fax : 04 74 67 20 96
Courriel : canafrance@chemin-neuf.org
Site : www.cana.org/

Renouveau charismatique

Le Renouveau charismatique comprend une mosaïque de communautés nouvelles. Ces communautés de vie ou groupes de prière proposent un projet de vie proche de la vie religieuse et rassemblent couples et célibataires, adultes et enfants. Elles insistent sur la grâce de l'Effusion de l'Esprit. Grâce qui donne de retrouver un Dieu proche, aimant et agissant qui transforme la vie au quotidien.

« Avance en eaux profondes. »
Luc 5, 4.

• **Maison d'accueil de Chézelles (Indre-et-Loire, Centre)**

Au cœur de la Touraine, dans un château du XVIIIe siècle avec un grand parc, la communauté de l'Emmanuel accueille tous ceux qui souhaitent suivre retraites ou week-ends spirituels, toute l'année, dans le silence et l'adoration. Possibilité d'y venir également à titre individuel pour une halte de solitude.

Contact :
6, place de la Mairie
37220 Chezelles
Tél. : 02 47 58 52 01

• **Monastère de la Sainte-Famille (Gironde, Aquitaine)**

Entre Bordeaux et Toulouse. Cette famille spirituelle – qui regroupe des religieuses de vie apostolique, des religieuses de vie contemplative, des laïques consacrées, des célibataires, des gens mariés, des jeunes, des prêtres – témoigne que la « communion est possible ». Le monastère est situé dans un cadre magnifique, en bordure des landes girondines, au milieu des vignobles et des pins.

Contact :
La Solitude
29 *bis*, route de la Solitude
33650 Martillac
Tél. : 05 56 72 71 10
Fax : 05 56 72 66 49
Courriel : monastere.sfb.solitude@wanadoo.fr

• **Le centre spirituel de la Pomarède (Cantal, Auvergne)**

La famille du Cœur de Dieu cherche à « être sur terre le cœur de Dieu ». Une conviction fait vivre cette communauté de laïcs rassemblée autour d'un prêtre : Dieu nous aime. La communauté accueille tous les hommes comme Jésus les accueille : avec amour, comme des frères, attentive à leurs besoins, dans un profond respect de leur personne et sans faire de différence entre eux à cause de leur race, de leur culture, de leurs opinions ou de leur religion. Les retraites sont en silence et durent six jours.

Contact :
15230 Paulhenc
Tél. : 04 71 23 61 61
Fax : 04 71 23 61 60
Courriel : pomarede15@wanadoo.fr
Site : http://la-pomarede.cef.fr/

• **La Roche-du-Theil (Ille-et-Vilaine, Bretagne)**

Un centre spirituel breton dans l'esprit de saint Jean Eudes, situé dans un parc de bois et de landes de 60 ha, sur une colline rocheuse qui domine les marais de l'Oust. L'équipe d'animation, composée de pères eudistes, de religieuses et de laïcs, accueille toute personne et tout groupe en quête d'un sens à donner à sa vie et désireux de prier et de réfléchir pour quelques jours de silence et de retraite.

Contact :
BP 30328
35603 Redon CEDEX
Tél. : 02 99 71 11 46
Fax : 02 99 71 65 12
Courriel : cjmlaroche@wanadoo.fr

• **Abbaye de Bassac (Charente, Poitou-Charentes)**

Entre Angoulême et Cognac. Dans un cadre de verdure longeant la Charente, au milieu d'un parc de 2,5 ha, cette ancienne abbaye bénédictine, aujourd'hui maison mère des Frères missionnaires de Sainte-Thérèse, est propice à la sérénité. Au cœur du vignoble cognaçais.

Contact :
Frères missionnaires de Sainte-Thérèse
16120 Bassac
Tél. : 05 45 81 94 22
Fax : 05 45 81 98 41
Courriel : abbayedebassac@aol.com
Site : http://www.abbayebassac.com/

Chapitre 6

Autres lieux de retraites chrétiens

A. Orthodoxes

La spiritualité des orthodoxes est celle des Pères du désert. Ils portent un intérêt tout particulier à l'hésychasme, « prière du cœur » et voie spirituelle. Tout acte (jeûne, prière, travail, cuisine, jardinage...) est considéré comme un exercice sur le chemin spirituel. La Divine Liturgie fait la part belle aux cinq sens.

N.B. Pour se réconcilier, par la beauté des offices, avec le « sens » du sacré. Et retrouver la place du corps dans la prière.

• **Sainte-Croix (Dordogne, Aquitaine)**

Dans un paysage vallonné, à l'écart du bruit et de l'agitation urbaine. Une communauté de familles vit au rythme de la prière quotidienne dans l'esprit du partage et de l'accueil de l'instant présent.

Contact :
24240 Monestier
Tél. : 05 53 63 37 70
Fax : 05 53 61 31 05
Courriel : centresaintecroix@tiscali.fr
Site : http://www.centresaintecroix.net/

• **Monastère de la Transfiguration (Dordogne, Aquitaine)**

À 20 km de Brive. Le monastère est une dépendance féminine du monastère de Simonos Petra situé au mont Athos (Grèce).

Contact :
Néguirat
24120 Terrasson
Tél. / Fax : 05 53 50 23 94

• **Monastère Saint-Michel du Var (Var, PACA)**

Entre Draguignan et Salernes, les hôtes sont accueillis dans un chalet au bord d'un étang. Retraites spirituelles, sessions d'enseignements spirituels ou simple séjour de ressourcement, pour une journée, une semaine ou un mois. Deux ermitages sont à la disposition de ceux qui recherchent plus de silence et de solitude.

Contact :
1909 route de Lorgues
83510 Lorgues
Tél. : 04 94 73 75 75
Fax : 04 94 84 34 38

• **Monastère de la Théotokos (Aude, Languedoc-Roussillon)**

À 30 km de Carcassonne. Pour les hommes. Établi sur le domaine forestier des Hautes Corbières, ce monastère relève de l'Église grecque melkite catholique. Il accueille les hommes qui cherchent le silence et le recueillement, au cœur d'un vaste domaine agricole et forestier de 150 ha. La communauté célèbre ses offices en français et chante selon la psaltique grecque.

Contact :
Domaine de la Cantauque
11250 Villebazy
Tél. : 04 68 31 69 61
Fax : 04 68 31 69 60
Courriel : info@monastere-cantauque.com/
Site : http://www.monastere-cantauque.com/

• **Monastère de Cantauque (Aude, Languedoc-Roussillon)**

Pour les femmes. C'est le pendant féminin du monastère de la Théotokos.

Contact :
Domaine de la Cantauque
11250 Villebazy
Tél. : 04 68 31 02 10
Fax : 04 68 31 69 60
Site : http://www.monastere-cantauque.com/

• **Monastère Saint-Nicolas (Hérault, Languedoc-Roussillon)**

À 60 km de Béziers. Sous la juridiction du patriarcat œcuménique de Constantinople, le monastère Saint-Nicolas est installé depuis 1965 au hameau de la Dalmerie, en pleine campagne près des sources de l'Orb.

Selon l'usage de la tradition monastique orthodoxe, le monastère ne reçoit que des hommes. Une certaine motivation spirituelle est demandée, avec un respect du rythme communautaire et une assistance minimale aux offices du soir et aux liturgies des dimanches et des jours de fêtes.

Contact :
La Dalmerie
34260 Le Bousquet-d'Orb
Tél. : 04 67 23 41 10
Fax : 04 67 23 44 83
Courriel : St.nicolas@dalmerie.com
Site : http://www.dalmerie.com/

• **Béthanie (Moselle, Lorraine)**
Dans le site forestier du parc régional de Lorraine, en pleine nature, suivant la tradition des Pères de l'Église, ce centre de rencontres spirituelles accueille sans exclusivité tous les chercheurs de Dieu, croyants, agnostiques ou athées, pratiquants ou non, pauvres et riches, jeunes et vieux... Les enseignements, issus de la tradition des Pères de l'Église, sont également inspirés de l'enseignement de K. G. Dürckheim (voir p. 82, la spiritualité laïque).
Contact :
Prieuré Notre-Dame et Saint-Thiébault
57680 Gorze
Tél. : 03 87 52 02 28
Fax : 03 87 69 91 79
Courriel : centre.bethanie@wanadoo.fr
Site : http://www.centre-bethanie.org/

B. Protestants

Les protestants n'ont pas véritablement de tradition d'accueil. Ils ont choisi un positionnement plus sanitaire et social. C'est la raison pour laquelle ce guide ne comporte pas plus d'adresses.

• **Centre chrétien de Gagnières (Gard, Languedoc-Roussillon)**
Ce centre protestant a pour vocation d'offrir aux œuvres et associations qui travaillent aux mêmes buts une infrastructure permettant l'organisation de rassemblements et de retraites.

Il est doté de plusieurs bâtiments avec chambres et salles de réunions, chapiteaux, d'un restaurant, d'un camping. Exclusivement pour les groupes.
Contact :
Le Martinet
30160 Gagnières
Tél. : 04 66 25 02 67
Courriel : contact@centrechretien-gagnieres.org
Site : http://www.centrechretien-gagnieres.org/

C. Œcuméniques

N.B. Quand des chemins spirituels se croisent et se vivifient mutuellement...

• **Communauté de Taizé (Saône-et-Loire, Bourgogne)**

Accueillir a toujours représenté une part essentielle de la vie à Taizé, haut lieu de l'œcuménisme en France. Tout au long de l'année, des jeunes – et des moins jeunes – de toutes confessions viennent de tous les pays d'Europe et d'autres continents participer à des rencontres centrées sur « vie intérieure et solidarité humaine ». D'un dimanche à l'autre, chacun est invité à entrer dans le rythme d'une vie commune pendant une semaine : se rassembler avec les frères trois fois par jour pour la prière, se joindre à des personnes d'autres pays pour les rencontres, les repas, des discussions en petits groupes, et divers travaux.

Une maison isolée accueille également ceux qui souhaitent faire une retraite plus « au calme » et passer la semaine en silence. Possibilité d'entretiens personnels avec un frère ou une sœur.

Contact :
Communauté de Taizé
71250 Taizé
Tél. : 03 85 50 30 30
Courriel : metings@taize
Site : http://www.taize.fr (site en 26 langues !)

• **La Maison de Tobie (Val-de-Marne, Île-de-France)**

D'inspiration chrétienne et œcuménique, la Maison de Tobie est une association qui offre la possibilité de vivre des moments de silence et d'intériorité dans un contexte chrétien. De nombreuses activités sont proposées : zazen, prière du cœur, peinture, calligraphie, taï chi, yoga...

Contact :
8, avenue Léon-Gourdault
94600 Choisy-le-Roi
Tél. : 01 45 46 57 19 (répondeur)
Site : http://www.lamaisondetobie.com/

• **Le Forum (Paris, Île-de-France)**

D'inspiration chrétienne et œcuménique, le Forum est un centre culturel intégré dans une communauté mariste parisienne qui se veut un lieu de rencontre possible entre expérience chrétienne et nouvelles quêtes spirituelles.

Contact :
102 *bis* – 104, rue de Vaugirard
75006 Paris
Tél. : 01 45 44 01 87

Deuxième partie

Lieux de retraites d'autres courants religieux

Chapitre 1

Bouddhistes

Si le bouddhisme tibétain (notamment la lignée Kagyu, la plus implantée en France) est de loin le plus populaire auprès des médias occidentaux comme du grand public, la France accueille également des écoles vietnamiennes, coréennes, japonaises, birmanes, etc.

Quelle que soit l'école, d'une manière générale, il est demandé aux retraitants de respecter pendant leur séjour les cinq préceptes du bouddhisme :

- S'efforcer de ne pas nuire aux êtres vivants ni retirer la vie.
- S'efforcer de ne pas prendre ce qui n'est pas donné.
- S'efforcer de ne pas avoir une conduite sexuelle incorrecte, plus généralement, de garder la maîtrise des sens (le mental faisant aussi partie des sens).
- S'efforcer de ne pas user de paroles fausses ou mensongères.
- S'efforcer de ne pas ingérer tout produit intoxicant diminuant la maîtrise de soi et la prise de conscience (alcool, drogues, tabac).

De nombreux monastères ont des adresses dans la plupart des grandes villes pour des rencontres hebdomadaires ou mensuelles. Pour faire une expérience près de chez vous, le temps d'une rencontre ou d'un week-end avant de songer à une retraite plus longue.

N.B. Pour s'initier à la méditation, pour faire taire le brouhaha des pensées, pour identifier ses attachements, pour reprendre contact avec son corps, son souffle...

A. Tibétains

• Dhagpô Kagyu Ling (Dordogne, Aquitaine)

Cette stupéfiante ambassade spirituelle bhoutanaise est le principal centre européen de préservation et de diffusion de la tradition bouddhiste kagyupa, une des quatre lignées spirituelles venues du Tibet. Le centre est bâti sur la commune de Saint-Léon-sur-Vézère, non loin de Montignac, dans un environnement fait de vallons et de forêts propices aux enseignements et à la méditation. Que vous soyez débutant, déjà familiarisé à la méditation bouddhiste ou juste intéressé, inlassable chercheur ou simple curieux...

Contact :
DKL
Lieu-dit « Landrevie »
24920 Saint-Léon-sur-Vézère, Montignac
Tél. : 05 53 50 70 75
Fax : 05 53 50 80 54
Courriel : accueil@dhagpo-kagyu.org
Site : http://www.dhagpo-kagyu.org/france/index.htm/

- **Dhagpo Kundreul Ling (Puy-de-Dôme, Auvergne)**

Siège européen de la lignée Karma Kagyu. Ce centre est l'ensemble le plus important d'ermitages monastiques et de centres de retraite d'Europe. Il est placé sous l'autorité spirituelle du XVIIe Karmapa Trinlé Thayé Dordjé et de Kunzig Shamar Rinpoché.

Pour pouvoir y accomplir une retraite individuelle de courte durée (une semaine au moins), la personne qui le souhaite doit être engagée sur la voie bouddhiste. Elle doit avoir « pris refuge » et avoir acquis une base de compréhension du dharma. Il est nécessaire qu'elle ait créé un lien particulier avec un lama qui la suit dans sa pratique.

Contact :
Kundreul Ling
Le Bost
63640 Biollet
Tél. : 04 73 52 24 34
Fax : 04 73 52 24 36
Courriel : ktl@dhagpo-kagyu.org
Site : http://www.dhagpo-kundreul.org/francais/index.fr.html/

- **Le centre Kagyu Ling. Temple des mille Bouddhas (Saône-et-Loire, Bourgogne)**

Toutes les personnes qui désirent prendre contact avec la tradition bouddhique, pour suivre un cheminement déjà commencé, ou qui, simplement, souhaitent trouver un peu de paix ou de calme de l'esprit, sont les bienvenues à Kagyu Ling, près de Montchanin, au cœur du Morvan.

On peut se joindre à la communauté fondée par le Très Vénérable Kalou Rinpoché à tout moment, qu'il y ait ou non des sessions. Les maisonnettes de retraite, les chambres de l'Institut Marpa, permettent à quiconque de se retirer du monde quelque temps pour étudier, réfléchir ou méditer.

Contact :
Château de Plaige
La Boulaye
Tél. : 03 85 79 62 53
Site : http://www.mille-bouddhas.com/

• **Institut Gandèn Ling (Seine-et-Marne, Île-de-France)**

La congrégation Gandèn Ling est une communauté autonome qui reçoit en son sein des pratiquants, laïcs ou religieux, qui souhaitent approfondir leur engagement dans la pratiquc spirituelle et sont soucieux d'établir entre eux des liens d'entraide renforcés. Retraites le week-end, destinées aux pratiquants disposant de peu de temps libre ainsi qu'aux débutants qui souhaiteraient approfondir les enseignements dispensés par le vénérable Dagpo Rimpoché, qu'ils soient bouddhistes ou non. Retraites de purification réservées aux bouddhistes.

Contact :
Chemin de la Passerelle
77250 Veneux-Les Sablons
Site : http://gandenling.free.fr/fr/index.html/

• **Institut Karmapa (Alpes-Maritimes, PACA)**

École : Karma-Kagyu

Contact :
35, chemin rural de la Ferrière
06750 Valderoure
Tél. : 04 93 60 90 16
Site : http://membres.lycos.fr/institutkarmapa/

• **Tchoukchenling (Hautes-Alpes, PACA)**

Un lieu de retraite dans un environnement de montagne calme, paisible, exceptionnel et propice à la méditation, à 25 km de Gap, au sud du parc national des Écrins. À 1 350 m d'altitude. Tout au long de l'année, il est possible de faire des retraites individuelles.

Contact :
Le Jardin de Grande Compassion
Les Blancs-Chantaussel
05500 Saint-Julien-en-Champsaur
Tél. : 04 92 50 76 29
Courriel : thouktchenling@free.fr
Site : http://thouktchenling.free.fr/

• **Centre Montchardon (Isère, Rhône-Alpes)**

L'enseignement et la direction spirituelle sont assurés par un lama tibétain, le Vénérable Lama Teunsang, qui y réside depuis plus de vingt ans. Le centre de Montchardon, qui est constitué en congrégation religieuse, est implanté à 800 m d'altitude, entre Grenoble et Valence, sur les contreforts du massif du Vercors d'où il domine la vallée de l'Isère. Cette situation lui donne une vocation plutôt tournée vers la pratique et les retraites.

On peut y séjourner à tout moment et aménager son temps en fonction des activités proposées et de sa disponibilité, pour une journée, un week-end, une semaine ou plus, pour suivre un enseignement, un stage ou faire une retraite. Priorité est donnée à la pratique du bouddhisme, mais, sous réserve de place disponible, il est aussi possible de venir quelques jours en séjour libre.

Contact :
Centre d'études tibétaines
Montchardon
38160 Izeron
Tél. : 04 76 38 33 13
Fax : 04 76 38 41 91
Site : http://www.montchardon.org/

• **Institut Karma Ling (Savoie, Rhône-Alpes)**

Retiré au fond d'une vallée des Alpes à 800 m d'altitude dans l'ancienne chartreuse de Saint-Hugon, Karma Ling est ouvert à toute personne motivée, indépendamment de sa religion, de ses croyances ou de toute particularité. Fidèle à l'esprit d'ouverture que lui a insufflé son fondateur Kyabdjé Kalou Rimpoché, du mouvement Rimé très ouvert à toutes les formes de spiritualité, l'Institut a développé une dynamique de rencontres et de dialogues entre l'Orient et l'Occident, devenant ainsi un véritable lieu d'échanges.

Contact :
Saint-Hugon
73110 Arvillard
Tél. : 04 79 25 78 00
Site : http://www.karmaling.org/

B. Zen soto

« Renoncer, ce n'est pas rejeter les choses du monde mais accepter qu'elles s'en aillent. »

Maître Susuki.

• **Temple de la Gendronnière (Loir-et-Cher, Centre)**

La Gendronnière est un domaine de 75 ha dans la forêt, à la limite de la Sologne. Située en pleine nature au milieu d'un parc verdoyant, c'est un lieu idéal pour la pratique de zazen. C'est le principal dojo soto d'Occident pour l'Enseignement du Bouddha, fondé par Maître Deshimaru. Ici, pratiquants récents ou de longue date peuvent venir suivre la Voie du Bouddha dans chaque action de la vie sous la direction bienveillante de moines et nonnes expérimentés.

Contact :
41120 Valaire
Tél. : 02 54 44 04 86 ou 02 54 44 03 44
Courriel : lagendronniere@club-internet.fr
Site : http://www.zen-azi.org/gendro/index_f.html/

Pour obtenir la liste complète des temples de l'association Zen internationale fondée par Deshimaru : http://www.zen-azi.org/dojos/

- **Hamsa (Sarthe, Pays de la Loire)**

Un centre qui accueille régulièrement des retraites zen, particulièrement celles animées par Jacques Brosse.

Contact :
Le Moulin de Vaux
72500 Flée
Tél. : 02 43 44 20 29

- **La Demeure sans limites (Ardèche, Rhône-Alpes)**

Ouverte par Joshin Bachoux Sensei, La Demeure sans limites est à la fois temple zen soto et centre de retraites. Ce lieu offre l'opportunité de revenir à soi-même, non pour se couper du monde mais pour permettre d'être davantage présent à la réalité, à la vie elle-même. Le temple est ouvert environ neuf mois par an et notamment aux périodes fériées. Il est situé à une altitude de 1 000 m.

Contact :
Riou-la-Selle
07320 Saint-Agrève
Tél. : 04 75 30 13 62 (répondeur)
Site : http://www.larbredeleveil.org/lademeure/

C. Zen rinzaï

- **La Falaise Verte (Ardèche, Rhône-Alpes)**

Contact :
La Riaille
07800 Saint-Laurent-du-Pape
Tél. : 04 75 85 10 39
Site : http://www.falaiseverte.org/

D. Zen vietnamien

N.B. Pour faire l'expérience de la méditation en action !

- **Village des Pruniers (Dordogne, Aquitaine)**

Fondé en 1982 par le vénérable Thich Nhat Hanh, le village des Pruniers est un centre de pratique international pour les moines, les nonnes et les laïques. Chaque année il accueille, à l'occasion des différentes retraites, plus d'un millier de retraitants venus du monde entier.

La pratique au village des Pruniers a pour but d'aider à intégrer la pratique de « La Pleine Conscience » dans toutes les activités de la vie de chaque jour, c'est-à-dire à méditer tout au long de la journée, pendant que l'on mange, travaille ou déguste une tasse de thé ensemble.

Contact :
Hameau du Haut
Lepey-Thénac
24240 Sigoulès
Tél. : 05 55 58 48 58
Site : http://www.villagedespruniers.org/

- **Fleur de Cactus (Seine-Saint-Denis, Île-de-France)**

Une maison près de Paris où, une fois par mois, on peut s'adonner à une journée de « Pleine Conscience » dans le style proposé par Thich Nhat Hanh.

Contact :
7, allée des Belles-Vues
93160 Noisy-le-Grand
Tél. : 01 43 05 80 03 (seulement le week-end)

E. Zen chrétien

On peut pratiquer le zen dans un contexte chrétien. Pour une spiritualité du dialogue.

– **Couvent des dominicains** : 41, bd de la Victoire 67000 Strasbourg.

Tél. : 03 88 21 24 00

– **Assise, centre de cheminement** : 29-31, rue Guesnier 95420 Saint-Gervais. Tél. : 01 34 67 00 39

Ou 40, rue Quimcampoix, 75004 Paris. Tél. : 01 42 72 88 44

– **Mont-Thabor. Le Forum** : 102-104, rue de Vaugirard 75006 Paris. Tél. : 01 45 44 01 87

F. Theravada birman

- **Centre Vipassana (Yonne, Bourgogne)**

École Theravada birmane, tradition de Goenka.

Vipassana, qui signifie « voir les choses telles qu'elles sont réellement », est une des plus anciennes techniques de méditation de l'Inde. Elle y a été enseignée il y a plus de 2 500 ans comme un remède universel à tous les maux. La technique de méditation Vipassana est une expérience radicale. Elle est enseignée lors de retraites de dix jours pendant lesquels les participants apprennent les bases de la méthode.

Aucune participation financière n'est demandée pour les cours, pas même pour couvrir le coût de la nourriture et du logement. Tous les frais sont payés par les dons d'anciens étudiants.

Parallèlement aux stages pour adultes, il y existe des sessions d'Anâpânâ pour les enfants.

N.B. Tous ceux qui passent par cette expérience hors du commun font circuler l'adresse... C'est un signe !

Contact :
Centre Vipassana
Dhamma Mahi
Le Bois Planté
89350 Louesme
Tél. : 03 86 45 75 14
Fax : 03 86 45 76 20
Courriel : info@mahi.dhamma.org
Site : http://www.mahi.dhamma.org/

Chapitre 2

Hindouistes

Ashram

Un ashram est un terme sanscrit désignant un lieu où vit une communauté spirituelle réunie autour d'un sage (ou qui dispense son enseignement). On y développe la conscience de soi et de l'univers.

N.B. Pour ouvrir les yeux et entrer dans un processus de transformation. Un voyage où l'on est guidé pas à pas.

• **Centre Amma (Eure-et-Loir, Centre)**

Près de Chartres, dans un ancien manoir seigneurial remontant au XIIIe siècle. Véritable star en Inde (elle est reconnue par le gouvernement indien comme porte-parole officiel de l'hindouisme), Amma a serré dans ses bras près de vingt-cinq millions de personnes à travers le monde ! Étreindre le monde, pour la Paix et l'Harmonie, telle est sa devise. L'enseignement dispensé dans son ashram du Kerala tient en quelques phrases : « Il ne suffit pas de parler de conscience, de non-dualité, de philosophie : il faut les mettre en pratique. L'amour, la compassion, c'est très simple, c'est le mental qui complique tout. » Selon sa volonté, son enseignement est dispensé dans un ashram français.

Contact :
Centre Amma
Ferme du Plessis
28190 Pontgouin
Tél. : 02 37 37 44 30 de 20 h 30 à 21 h 30
Courriel : centreamma@wanadoo.fr
Site : http://www.amma-europe.org/french/

« Les religions sont des fleuves,
et l'océan dans lequel elles confluent, c'est le silence. »
Ramana MAHARSHI.

• **Hauteville (Ardèche, Rhône-Alpes)**

Arnaud Desjardins délivre l'enseignement de son maître swami Prajnânpad dans son centre de recherches spirituelles. Hauteville est un lieu de retraite où l'on alterne les pratiques de méditation, le travail corporel et une participation à divers travaux manuels (cuisine, jardin, bricolage). C'est une voie « dans le monde » qui trouve ses sources dans le Védanta indien et où l'on prend appui sur le quotidien de façon très concrète pour pratiquer et avancer.

Contact :
Association de Hauteville
07800 Saint-Laurent-du-Pape
Tél. : 04 75 62 29 29
Site : http://www.amis-hauteville.fr/

« *De même que nous sommes déjà nus sous nos vêtements, l'amour est déjà notre réalité fondamentale voilée par les craintes et les espoirs de l'ego.* »

Arnaud DESJARDINS.

TROISIÈME PARTIE
LIEUX DE RETRAITES INATTENDUS

Chapitre 1

Lieux de retraites laïques

De plus en plus, les personnes en recherche frappent aux portes de centres de spiritualité laïque. Les retraites y sont rarement solitaires. On y découvre des enseignements – le plus souvent issus de la tradition chrétienne ou transmis par de grands maîtres orientaux – et l'on s'exerce, ensemble, à la pratique. Nous avons cherché des adresses qui proposent un chemin de progression intérieur et avons, autant que possible, voulu éviter les lieux trop connotés « développement personnel ».

- **Thérapie initiatique de Dürckheim**

Philosophe allemand, Karlfried Graf Dürckheim a associé une forme de thérapie faisant une synthèse laïque des apports du zen, du christianisme et de la psychanalyse jungienne.

En France, Jacques Castermane poursuit ce travail au Centre Dürckheim, dans la Drôme (voir p. 84).

En région parisienne, le Centre Assise (voir ci-dessous) et la Maison de Tobie (voir p. 70) proposent le même travail, avec une orientation plus religieuse mais ouverte à tous. Voir également les orthodoxes de Béthanie (p. 69).

- **Centre Assise (Val-d'Oise, Ile-de-France)**

Lieu de cheminement, de rencontres, de silence, qui repose sur trois piliers : spiritualité chrétienne, méditation zen et thérapies initiatiques de Dürckheim.

Contact :
Centre de cheminement
29-31, rue Guesnier
95420 Saint-Gervais
Tél. : 01 34 67 00 39
Fax : 01 34 67 25 32
Courriel : centre.assise@wanadoo.fr
Site : http://assise.free.fr/

• **Terre du Ciel (Saône-et-Loire, Bourgogne)**

« La dimension spirituelle est essentielle à l'homme, elle lui donne sa cohésion et son sens. La spiritualité n'est pas affaire de croyance, mais d'expérience. » C'est sur la base de cette conviction qu'a été créée la revue *Terre du Ciel* puis les Forums du même nom. Toute l'année et plus particulièrement l'été, Terre du Ciel, ce sont aussi plusieurs dizaines de stages au domaine de Chardenoux, siège de l'association, ainsi que, l'été, dans trois autres centres.

Contact :
Domaine de Chardenoux
71500 Bruailles
Tél. : 03 85 60 40 30
Site : http://www.terre-du-ciel.fr/

• **L'Arche (Hérault, Languedoc-Roussillon)**

Créée par Lanza del Vasto, la communauté de l'Arche est basée sur un travail sur soi et l'ouverture aux autres. Vivant en permanence le dialogue interreligieux, ouvertes aux voies spirituelles laïques, les communautés de l'Arche sont des lieux d'expérimentation non violente dans tous les aspects de la vie. On peut y rencontrer des personnes d'horizons très divers, prier et danser avec la communauté mais aussi se reposer et se recueillir. Les séjours libres ou communautaires sont possibles.

Contact :
– Communauté de l'Arche
La Fleyssière
34650 Joncels
Tél. : 04 67 57 38 35

– Communauté de l'Arche
La Borie Noble
34650 Roqueredonde
Tél. : 04 67 44 09 89

– Communauté de l'Arche
38160 Saint-Antoine-L'Abbaye
Tél. : 04 76 36 45 52
Courriel : arche.de.st.antoine@wanadoo.fr

• **La Merci (Charente, Poitou-Charentes)**

Entre Cognac et Jarnac, la maison – communauté de l'Arche de Jean Vanier – accueille des personnes ayant un handicap mental et ceux qui veulent partager un temps de leur vie avec elles dans un cadre institutionnel et communautaire (découverte de la richesse de la personne handicapée, partage, don de soi, vie spirituelle, etc.).

« Dans notre monde si divisé, si dur parfois, la personne ayant un handicap mental nous apprend les chemins de la confiance, de la simplicité, de l'amour, et de l'unité. »

Contact :
Rue de l'Arche
Bel Air
16200 Courbillac
Tél. : 05 45 21 74 16
Fax : 05 45 96 50 85
Site : http://www.larche-lamerci.com/

- **Centre de spiritualité, de sagesse et de méditation (Drôme, Rhône-Alpes)**

Contact :
Vaucourte
26270 Mirmande
Tél. : 04 75 63 06 60
Fax : 04 75 63 08 15
Courriel : contact@centre-durckheim.com
Site : http://www.centre-durckheim.com/

Chapitre 2

Lieux de retraites en plein air

• Les Goums

Vous êtes jeune et avez besoin de vous retrouver en tête-à-tête avec vous-même sans être enfermé ni recevoir de grand discours ? Essayez les Goums. Le Goum est une semaine dans le désert qui réunit une vingtaine de jeunes adultes. Ils marchent 20 kilomètres par jour, sans montre, ni papiers, ni argent, et dorment à la belle étoile.

Ces marches de huit jours dans le désert ont fait leurs preuves auprès de plusieurs milliers de jeunes entre 20 et 35 ans. Un des maîtres mots des Goums, c'est « l'expérience » : il s'agit de faire l'expérience du désert où Dieu se révèle, l'expérience d'une marche de huit jours avec des gens qu'on ne connaissait pas, sans jugement, sans a priori.

Partez avec un ami : à deux, on tient mieux le coup ! Mais attention : dans ces marches, la découverte de l'autre est une dimension essentielle. Aussi tâchez de ne pas partir avec un « noyau d'amis » trop important.

Une quarantaine de Goums ont lieu chaque année, entre Pâques et septembre.

Contact :
equipe@goums.org
Jean Latil au 04 42 29 72 75
Michel de Malartic au 04 42 92 27 40
Courriel : micheldemalartic@goums.org
Site : http://www.goums.org/

• Les Pèlerins de la mer (Haut-de-Seine, Île-de-France)

Un pèlerinage maritime, c'est embarquer pour vivre ensemble une expérience spirituelle, humaine et sportive unique. La richesse de la vie en équipages, les temps de formation et de réflexion à travers les enseignements religieux et les discussions, les messes célébrées quotidiennement dans des chapelles, à bord des voiliers ou en plein air, les navigations selon les humeurs de la météo, les escales et les veillées festives. Pèlerinages de cinq ou sept jours, pour les jeunes.

Contact :

Association Les Pèlerins de la mer
44, rue de l'Est
92100 Boulogne-Billancourt
Courriel : info@pelerinsdelamer.org
Site : http://www.pelerinsdelamer.org/

• **Les marche-retraites**

– Marche-retraite dans les Pyrénées, pour les 18-30 ans, avec la communauté des Béatitudes de Nay, dans les Pyrénées-Atlantiques, sur le thème « Toujours plus haut !... des marches vers Dieu ».

Tél. : 05 59 61 26 26

– Le centre Saint-Hughes de Biviers (p. 53) organise également des formules de marche-prière.

– Le Cénacle, Maison Thérèse Couderc
14, rue de la Fontaine
07520 La Louvesc
Tél. : 04 75 67 83 01
Fax : 04 75 67 86 35
Courriel : cenacle.lalouvesc@wanadoo.fr
Site : http: //ndcenacle.free.fr/

– Agences de voyages organisant des marches spirituelles dans les déserts ou des retraites sans frontières.

Site : http://www.ictusvoyages.com/

Chapitre 3

Lieux de retraites en ligne

Et si vous faisiez une retraite spirituelle sans bouger de chez vous avec les dominicains ? Découvrez le site web : http://www.retraitedanslaville.org/

Animé par une soixantaine de dominicains. Pour les chrétiens, et plus largement pour tous les chercheurs de sens, les quarante jours du Carême qui préparent à la fête de Pâques offrent une occasion privilégiée pour se donner du temps. À tous ceux qui, trop occupés ou peu familiers des monastères, n'ont pas cette possibilité, les frères dominicains proposent depuis maintenant trois ans une retraite spirituelle en ligne, à vivre chez soi ou au travail.

– Le site ignacien Notre Dame du Web : http://www.ndweb.org/

Index des lieux de retraites par région

Bibliographie

Pour aller plus loin

Il existe d'autres guides pratiques intéressants sur le sujet :

Les deux plus complets sont :

– *Le guide Saint-Christophe*, La Vie, Éditions Desclée de Brouwer, 2006. Ce guide chrétien mentionnant jusqu'à sept cent cinquante lieux (incluant des lieux de repos et de vacances qui sont paisibles mais non spirituels).

– *Guide des séjours spirituels*, Éditions Le petit fûté, 2005. Un format de poche pour une mine d'informations actualisées, recensant les possibilités d'accueil de manière quasi exhaustive. Un livre est dédié à la France, un autre, pour ouvrir l'horizon, aux espaces spirituels en Europe.

Site : http://www.petitfute.com/

Mais aussi :

– *Guide des spiritualités en France*, Florence Vertanessian, Éditions Le Félin, 2001. L'auteur propose un panorama des différentes religions orientales, occidentales et des spiritualités laïques. Plusieurs dizaines d'adresses avec une présentation détaillée des activités.

– *Guide des abbayes en France*, François Collombet, Éditions du Huitième Jour, 2004. Une cinquantaine de lieux de prière contemplative sont présentés, des monastères, des abbayes, ou encore diverses communautés religieuses, tous ayant pour point commun de pratiquer l'accueil de retraitants.

– *Guide des monastères*, Éditions Pierre Horay, 2003.

– *Guide des centres bouddhistes en France*, Philippe Ronce, Éditions Noêsis, Paris, 1998.

– *Guide du Tibet en France et en Europe*, Éditions Claire Lumière, 2003.

– *Guide du zen*, Éric Rommeluère, Le Livre de Poche, 1997.

– *Guide du bouddhisme tibétain*, Philippe Cornu, Le Livre de Poche, Paris, 1998.

– *Guide du yoga et de l'Inde en France, Suisse et Belgique*, Éditions Terre du ciel, 1996.

Et un site Internet incontournable : www.buddhaline.net
Les sources d'information sont étonnamment abondantes. Les principaux monastères possèdent leur site Internet, toujours de grande qualité (parfois édités en plusieurs langues). Un excellent moyen de prendre contact et d'avancer dans sa propre réflexion.

http://www.croire.com/ : ce site du groupe Bayard propose un annuaire des lieux de retraite. Vous pouvez choisir en fonction de vos critères (ville, mer, montagne, retraite individuelle ou pas, communautés de moines, communautés nouvelles, etc.).

http://www.abbayes.net/ : un site portail très complet et richement documenté, réalisé par des moines. Présente toutes les abbayes de France.

Librio

809

Composition PCA – 44400 Rezé
Achevé d'imprimer en France par Aubin
en janvier 2007 pour le compte de E.J.L.
87, quai Panhard-et-Levassor, 75013 Paris
Dépôt légal janvier 2007
EAN 9782290000137

Diffusion France et étranger : Flammarion